Thomas Neukum

Schlachthaus der Jungfrauen

Erstveröffentlichung 2021

Liebe Leserinnen und Leser!

Ein Horrorkrimi erhebt selbstverständlich nur teilweise einen Realitätsanspruch. Müsste ich dies auf eine Formel bringen, so würde ich sagen:

Halb psycho, halb logisch,
mit einem Restbetrag an Klischees.

Sie dürfen über die nicht allzu starken Kommissare den Kopf schütteln. Aber bitte nicken Sie am Ende über meine Begründung, dass anderenfalls die Dramaturgie nicht in der eingefädelten Weise funktionieren würde.

Vielen Dank. Der Autor.

Prolog

Vor einigen Jahren

Ihre Pflegemutter schlug Evelyn mit der proppenvollen Lackhandtasche auf den Hinterkopf, als sie das Gelände des staatlichen Mädcheninternats betraten. Die Stöckelschuhe der Mittvierzigerin trommelten auf dem asphaltierten Hof wie eine schlampige Marschkapelle.

„Vorwärts, und die Klappe halten!“, zischte sie.

Die dunklen Rehaugen des Mädchens, das eine zu klein gewordene Jacke trug, schauten voll banger und doch brünstiger Hoffnung auf die weiße Steinfassade mit den vielen Rundbogenfenstern. In mehreren Richtungen rauschte ein Mischwald. Dahinter befand sich die Stadt, die Evelyn ebenso fremd war wie alles andere.

Unwillkürlich ballte sich ihre Hand kräftiger um den alten Griff des karierten Koffers, als sie mit ihrer Pflegemutter durch die Eingangstür schritt. Eine offenherzige Spinatwachtel – die Hausmeisterin oder Sekretärin – führte die beiden ins Direktorat.

„Ah, ich bin Frau Doktor Rosenfels! Willkommen“, stand die gut gebaute Direktorin von ihrem Bürosessel auf. Sie trug eine helle Bluse und einen schokobraunen Rock, der zu ihrem hochgesteckten Haar passte. Durch ihre moderne Brille musterte sie die Pflegemutter, die mit einem schleimigen Lächeln grüßte. Dann wandte sich Frau Dr Rosenfels an das Mädchen: „Du bist also Evelyn?"

Sie nickte.

„Und du möchtest unser Internat besuchen?"

„Ja, das möchte sie unbedingt", quakte die Pflegemutter.

„Die Frage galt nicht Ihnen."

Obwohl die Direktorin bereits schriftlich der Aufnahme zugestimmt hatte, wollte sie sich vergewissern, dass die Bedürfnisse des armen Mädchens nicht übergangen wurden. Evelyn hatte bislang die sechste eines Hölderlin-Gymnasiums besucht. Doch ihre Bewerbung war von der ausgewachsenen Harpyie neben ihr geschönt beziehungsweise kurzgehalten worden. Frau Dr Rosenfels wusste das ganz sicher, weil das Kinder- und Jugendamt mit ihr über das Mädchen gesprochen hatte. Dennoch konnten die zuständigen Beamten durch ihre Routinekontrollen bei den Ersatzeltern nicht alle Widrigkeiten aufdecken.

Evelyns leibliche Mutter war manisch-depressiv gewesen. Sie hatte sich zu allem hin auf die falschen Männer eingelassen und Selbstmord begangen.

Dadurch kam die Kleine mit vier Jahren in einen fremden Haushalt, der damals noch alle Bedingungen ordentlich zu erfüllen schien. Ihre beredte Pflegemutter hatte selber zwei Fehlgeburten erlitten. Wer sollte aber garantieren, ob zu ihren Motiven nicht auch das staatliche Pflegegeld gezählt hatte?

Ihr Mann arbeitete in einer renommierten Fettabsaugklinik.

Doch erstens diente er nur als Assistent, um beispielsweise die abgeschöpften Schwabbelärsche zu entsorgen, und zweitens war er geizig. Wie ärgerlich! Denn sein gieriges Weib entwickelte dagegen eine Sammelleidenschaft, und dazu gehörten mehr kalte Objekte als ihre beinahe fetischistische Handtasche.

Evelyn lag meistens auf dem Küchen- oder Wohnzimmerboden bei dem zotteligen Hund, der ihr einziger Freund war. Eines Tages rannte er allerdings wie verrückt durch die Räume und bellte. Der Mann brüllte die Frau an, weil er in dem zugemüllten Haus seine Amphetamine nicht mehr fand. Um für einen miesen Ausgleich zu sorgen, beschimpfte die Pflegemutter aufs Vulgärste wiederum Evelyn, sie solle gefälligst bei der Suche helfen! Dadurch musste sich das Mädchen als familiäre Enttäuschung und Sündenbock fühlen. Als der Hund aber unter Gewinsel und Krämpfen verreckte, stand fest, dass er die Pillen gefressen hatte.

Evelyn sagte noch immer kein Wort.

Doch die Direktorin hatte nach dem Lehramt-Studium nicht umsonst noch einen Doktortitel im Fach Psychologie abgelegt.

„Wusstest du, dass dieses Internat mal ein Nonnenkloster war?“, fragte sie. „Hier herrschten so unvernünftige Bräuche wie Schweigegelübde. Aber heute sind wir eine weltoffene Bildungsstätte, in der Mädchen zu emanzipierten Frauen erzogen werden. Kennst du die Bedeutung des Wortest ›emanzipiert‹?“

„Es bedeutet, ähm, selbstständig und befreit“, antwortete Evelyn schüchtern.

„Bravo! Also, möchtest du zu uns gehören?“

„Ja, das möchte ich.“

Die Pflegemutter seufzte erleichtert. Bei einer besseren Prüfung durch das Jugendamt hätte sie das Kind nicht seltener, sondern an keinem einzigen Wochenende mehr sehen dürfen. Die hinterfotzige Ironie lag darin, dass sich genau dieser Kontaktabbruch als ihre Absicht herausstellen sollte. Nur würde sie noch eine Zeitlang das Pflegegeld absahnen, wenn auch gekürzt.

„Dann führe ich dich nun auf dein Zimmer, Evelyn“, öffnete Frau Dr Rosenfels die Bürotür und fragte die gelackte Rabenmutter mit kühler Höflichkeit: „Möchten Sie es auch noch anschauen?“

„Oh, es ist bestimmt ganz himmlisch. Tausend Dank. Mach’s gut, mein emanzipiertes Schätzchen“, drückte die Pflegemutter ihren ekligen Lippenstift auf Evelyns Stirn und stöckelte auf Nimmerwiedersehen davon.

Dumme Schnalle, dachte die Direktorin.

Als sie mit dem Mädchen eine Marmortreppe hinaufschritt, musste Evelyn eine Schulter hochziehen, damit ihr großer Koffer nicht gegen die Stufen stieß. Erstaunlicherweise bot ihr Frau Dr Rosenfels persönlich an: „Ich nehme dir gerne das Gepäck ab.“

„So schnell gebe ich nicht auf.“

Ungeachtet dessen begann sich Evelyn schon zu wundern, wie unheimlich still es war. Da girrte oben das Lachen von blutjungen Frauen durch den Korridor. Sowie das Grüppchen jedoch die Direktorin mit der neuen Schülerin erblickte, wünschten allesamt einen schönen Tag und liefen vorbei. Die Wände waren bestückt mit Massivholztüren.

„Du wirst dein Zimmer mit drei anderen Mädchen teilen“, erklärte Frau Dr Rosenfels. „Deren frühere Mitschülerin hat das Internat verlassen.“

Evelyn schluckte. Bestimmt waren sie fies.

Die Direktorin klopfte an eine Zimmertür, öffnete gleich und ging mit ihrem Schützling hinein. Drei völlig unterschiedliche Mädchen lümmelten mit bunten T-Shirts im Schneidersitz auf ihren Betten und guckten sie an.

„Na, ihr seht so aus, als hättet ihr schon gewartet. Das ist eure neue Mitschülerin, Evelyn.“

„Hi, Evelyn!“

Ein bisschen steif stellte sie ihren Koffer ab. „Hi.“

Die Mädchen reckten ihre Glieder und kamen auf sie zu.

„Ich bin Helena“, so die Blonde.

„Ich Amira.“ Die Mokkahäutige.

„Und ich Fiona.“ Die Rothaarige.

Überfordert, vielleicht auch überwältigt von dieser Herzlichkeit wiederholte die Neue einfach: „Evelyn.“

Bevor Frau Dr Rosenfels ins Direktorat zurückkehrte, fragte sie lächelnd: „Wer macht mit ihr eine Führung durchs Gebäude und erklärt ihr die Abläufe?“

„Ich“, meldete sich Fiona als Erste.

Und ganz langsam entkrampfte sich Evelyn, so als könnte sie nach einer finsteren Eiszeit wieder etwas Positives empfinden.

1. Kapitel

Die mittlerweile volljährigen Mädchen wurden auf dem Leichtathletikplatz hinter dem Hauptgebäude schön gequält. So interpretierte es zumindest Amira.

Sie schüttelte ihre schlanken braunen Beine in Shorts und weißen Kniestrümpfen, eigentlich Fußballsocken. Obwohl hier niemand Fußball spielte, wählten fast alle Mädchen diese lauwarme Mode. Sie fanden das so speziell und so uncool, dass es im Gegenteil schon wieder als sexy galt. Außerdem fächelte der frische Herbst das bunte Laub von den Bäumen.

Fiona, Helena und Amira standen mit der Hälfte ihrer Klasse bei der Startlinie für den 2000-Meter-Lauf. Dagegen übten Evelyn und die andere Hälfte mit der hinüberschielenden Sportlehrerin den Speerwurf. Diese Aufteilung war notwendig, weil sich ansonsten alles gestaut hätte.

„Warum lebt wohl eine Frau von Mitte dreißig alleine in der Dachwohnung eines Internats?“, raunte Amira. Dabei sah die Sportlehrerin mit ihren Händen in den fast noch straffen Hüften und ihrer Trillerpfeife am Halsbändchen gar nicht übel aus. „Ich sag’s euch: Sie ist eine Sadistin, die nichts als uns schinden will.“

„Vielleicht ist sie auch einfach superanständig, was allerdings auf dasselbe hinausläuft“, dehnte Helena scherzend ihren blonden Nacken.

„Unterbrecht mal den Tratsch. Evelyn wirft“, sagte Fiona.

Sofort schauten alle gespannt zu.

Evelyn trug einen brünetten Zopf und holte schwungvoll wie eine Amazone aus. Sie war groß und muskulös geworden. In einem verblüffenden Gegensatz dazu hatte sie noch immer so flache Mädchenbrüste, dass sie unter ihrer Oberbekleidung nicht mal einen BH brauchte.

Der Speer flog und flog. Jede Schülerin hatte drei Versuche, aber alle wussten, dass Evelyn unschlagbar war. Sobald die Metallspitze eine grüne Wunde in den Rasen bohrte, jubelten ihre Freundinnen.

Die Sportlehrerin stapfte zu ihnen. „Ich bestreite auf keinen Fall, dass dies ein Grund zur Freude ist. Aber mit verbissenen Lippen rennt man besser …“

„… von ihr weg“, presste Amira leise hervor.

„Auf die Plätze!“

Helena, die zwischen den anderen die Kleinste geblieben war, fügte vorgeneigt an der Startlinie noch hinzu: „Das ist wirklich unfair. Gott oder der Teufel stattete mich trotz alledem mit so drallen Titten aus, dass ich eindeutig für einen anderen Wettbewerb auserkoren bin.“

Die Trillerpfeife schoss durch Mark und Bein, woraufhin die jungen Frauen loslegten. Selbstverständlich waren die Runden der Bahn so weit, dass sogar Evelyns Würfe ungefährlich blieben. Dafür hechelten die Zwölftklässlerinnen jedes Mal an einer schmalen Ruine hinter dem hohen Zaun des Leichtathletikplatzes vorbei, und darüber war eine ziemlich schaurige Geschichte im Umlauf.

Am Freitagabend nahmen die jungen Frauen an einer gemischten Lagerfeuer-Party im Wald teil. Jemand schaltete den wummernden Bass aus dem Lautsprecher leiser. Zwei der Männer, die auf den gemaserten Holzbänken saßen, wirkten besonders attraktiv. Wozu sich also noch mehr Namen außer ihren merken?

Christopher hatte einen himmelblauen Blick, ein markantes Lächeln und trug einen Kapuzenpulli. Sein Kumpel mit dem getrimmten Vollbart, den grünen Augen und einem Sweatshirt hieß Marvin. Beide waren breitschultrig.

„Mit dir möchten wir uns aber nicht in die Haare kriegen“, zwinkerte Christopher zu Evelyn rüber.

Sie saß mit Jeans neben ihrer sommersprossigen Freundin, Fiona, und antwortete schlicht: „Darum trage ich meine Haare auch nicht offen.“

Christopher schraubte nachdenklich, fast ritualisierend den Deckel von einer Thermoskanne und neigte sich dann zu Helena. „Möchtest du noch Waldfrüchtetee mit hawaiianischem Rum?“

„Eine echt schräge Mischung. Gieß ein!“, hielt sie ihren recycelbaren Becher hin, und auch ihre braunhäutige Freundin ließ sich nachschenken.

Fast gleichzeitig fragte Marvin diese: „Wo kommst du her, Amira?“

„Damit meinst du sicher, wo meine *Eltern* herkommen? Sie sind aus Armenien hierher eingewandert, weil sie ziemlich westlich ticken. Aber ich bin zu hundert Prozent in Deutschland produziert, abgepackt und gestempelt."

Er amüsierte sich. „Ich komme aus Afrika."

Prustend verschüttete sie etwas von ihrem Getränk und konnte gerade noch die Beine breitmachen, um sich nicht zu bekleckern. „Mann, Mann, in dem Fall könntest du aber auf *Instagram* spitzenmäßig für Bleichcreme werben."

„Es ist wahr", bestätigte Christopher. „So steht's in seinem Ausweis."

Marvin erzählte: „Ich wurde am Horn von Afrika geboren. Kurz gesagt, verliebte sich mein deutscher Vater in eine südafrikanische Touristenführerin von heller Hautfarbe, meine Mutter. Was bei Reisen in fremden Kulturen so alles rauskommt, ist eine spannende Sache. Chris und ich studieren Ethnologie."

Für Evelyn war das Mädcheninternat zur Heimat geworden, und der Gedanke an die Ferne machte ihr Angst. „Ethnologie, das ist Völkerkunde, richtig?"

„Genau", antwortete Marvin. „Unsere Studentenwohnung ist dort drüben in dem Hochhaus. Seht ihr's?"

Die vier Schülerinnen standen auf und spähten, wohin er zeigte. Ungeachtet der knisternden Flammenzungen war die Nacht so mondhell, dass man durch die Skelettbäume das Hochhaus erahnen konnte.

„Und dorthin schleppt ihr Dutzende leichtsinniger Mädchen?", nahm Fiona mit den anderen wieder Platz.

„Na ja, ganz so abenteuerlich fällt die Bilanz nicht aus", erwiderte Christopher. „Ich hatte bislang erst zweieinhalb Freundinnen."

Marvin grinste durch seinen Modebart. „Ich hatte ein paar halbe mehr."

„Was soll das heißen – halbe?", fragte Helena unbekümmert. „Auf welche Körperteile fahrt ihr denn besonders ab, und welche braucht man gar nicht erst anliefern?"

Amira lachte.

„Mit ›halb‹ meinten wir natürlich nur ›nichts Festes oder Dauerhaftes‹. Aber daran sind keineswegs allein wir Männer schuld", erklärte Christopher. „Die Fleischeslust der Jungfrauen ist manchmal ganz irre."

Wie treffend, dachte Evelyn ironisch. Denn tatsächlich hatten die Mädchen trotz ihrer 18 Jahre noch nicht ihr erstes Mal gehabt, auch wenn sie in unterschiedlichem Maße keck und verdorben daherschwätzten.

„Kennt ihr das Schauermärchen mit der geilen Nonne?", trumpfte Helena gegenüber den jungen Männern auf.

Fiona rollte mit den Augen. „O bitte, muss das sein?"

„Warum? Erzähl", baten Christoper und Marvin.

„Also, bekanntlich war unser Internat mal ein Nonnenkloster, und vermutlich habt ihr auch schon dieses schäbige Gebäude gesehen, das heute nicht mehr genutzt wird. Zwischen den Zeitaltern von Barock und Romantik brachte ein Ehepaar aus dem Wohlstandsspießertum seine naive, lebensgierige Tochter für einige Erziehungsjährchen zu den heiligen Schwestern. Dort musste sie beten, singen, nähen, rechnen, wieder beten *and so on.* Als sie die Klosterschule endlich verlassen und zurück nach Hause durfte, war sie allerdings noch lebensgieriger, noch weltfremder. Sie verschlang Liebesromane und sollte zugleich so einen preußischen Pfeffersack heiraten. Zufällig beherbergten ihre Eltern jedoch einen reisenden, flotten Baron aus Frankreich. Sie besaßen nämlich einen Gasthof oder ein Hotel. Auf einem Spaziergang verdrehte der Charmeur dem Fräulein derart den Kopf …“

„Woher weißt du, dass es auf einem Spaziergang war?“, unterbrach Evelyn die Geschichte.

„Na gut, vielleicht schlich sie auch spätabends in sein Zimmer, wo er sie davon überzeugte, dass ›Sünde‹ nur ein böses Wort für den wahrhaften Lebensgenuss sei. Wir müssen jedenfalls annehmen, dass sie sich nicht ohne Lerneifer bumsen ließ. Immerhin brannte sie anschließend mit ihm nach Frankreich durch.“ Helena befeuchtete ihre Kehle und fuhr fort: „Tja, der unmoralische Baron machte nebenbei Jagd auf weitere Jungfrauenherzen, deren gesellschaftlichen Ruf er ruinierte, und dabei war unsere Tusnelda total von ihm abhängig. Wie es bei so einem empörenden Lebenswandel zu erwarten ist, wurde er aber eines Tages von einem Degen durchbohrt. Unser armes Flittchen kehrte daraufhin voller Reue zurück nach Deutschland, und zwar nicht zu den Eltern, sondern ins Kloster.“

„Und weiter?“, wollten die zwei Männer wissen.

„Sie leistete den Schwur auf die Ordensgelübde. Erst jetzt war sie wirklich eine Nonne und nicht mehr bloß ’ne Klosterschülerin. Nichtsdestoweniger wohnte sie alleine in diesem ungemütlichen Gemäuer, das ich erwähnt habe. Hier kasteite sie sich mit einer knallharten Buße. Als die anderen Nonnen ihr eines Morgens frisches Wasser und gedörrte Pflaumen brachten, erzählte sie wie im Fieber, dass ihr Geliebter in Gestalt des gefallenen Engels Luzifer hier gewesen war. Durch den Wald und die Mauer sei er zu ihr gekommen, um sie wieder zu holen. Doch sie wollte der teuflischen Versuchung widerstehen.“ Helena legte eine theatralische Pause ein. „Nach drei Nächten fand man sie in dem Gemäuer jedoch zerpflückt und zerrissen wie ein Jungtier.“

„Mach’s nicht gruseliger, als es ohnehin schon ist“, protestierte Amira und kuschelte sich dichter an Marvin. „Ihr toter Körper war mit Wunden übersät, die sie sich vermutlich selber zugefügt hatte.“

„Mein lieber Scholli“, legte Marvin seine Hand neckend auf ihren Schenkel, „man kann sich gar nicht entscheiden, welches Ende pädagogisch wertvoller ist. Oder was meinst du, Chris?“

„Auf jeden Fall verspürt man das Bedürfnis, den schützenden Arm um alle hübschen Mädchen zu legen.“ Und genau das tat er bei Helena, die vor eitler Freude quietschte.

Evelyn erhob sich und stellte ihren unverändert vollen Becher auf die Holzbank. „Ich bin müde und geh schon. Viel Spaß noch miteinander!“

„Warte“, zog Fiona den Reißverschluss ihrer Jacke zu. „Ich komme mit dir.“

Evelyn benutzte im dunklen Zimmer unter der Bettdecke ihren Vibrator. Er summte leise und immer leiser … bis die Batterien aufgaben.

„Verflucht“, knirschte sie.

„Willst du meinen?“

Sie erschrak. „Ich dachte, du schläfst schon."

„Macht doch nichts", knipste Fiona die Nachttischlampe an. Gleich danach holte sie aus einer Schublade ihren pinkfarbenen, aufgeladenen Kunststoffpenis und streckte den Arm zu ihrer Zimmergenossin. „Ich wasche ihn jedes Mal heiß, wenn ich ihn benutzt habe."

Evelyn wirkte verlegen.

„Nimm ihn einfach und entspann dich."

Kaum griff sie den Vibrator, schwang die Tür auf.

„Oho", taumelten Helena und Amira in den Raum, „lasst euch nicht bei irgendwelchen *Dopaminaktivitäten* stören." Übermütig klatschten sie die Tür hinter sich wieder zu, stolperten über ihre Füße und fielen mit einem gackernden Lachen hin.

Dann wühlten sie auf allen Vieren aus ihrer eigenen Sammlung an Sexspielzeug ihre Dildos hervor und begannen sich auszuziehen. Aus Helenas Spitzenschlüpfer stieg ein tätowierter Sukkubus, sprich ein weiblicher und männerverführender Dämon des Christentums, der sich über ihren Bauch bis zum BH räkelte.

„Wie kommt's, dass ihr anscheinend doch nicht gleich mit den Jungs gevögelt habt?", stützte sich Fiona mit einem Ellbogen aufs Kissen.

„Hey", entgegnete Helena mit gespielter Strenge, „brave Mädels vögeln erst beim zweiten Date. Bis dahin geben sie sich mit den geangelten Handynummern zufrieden."

„Außerdem müssen sie gemäß Hausordnung ganz, ganz pünktlich zurück im Internat sein", fügte Amira hinzu.

Evelyn murmelte: „Ausrede."

Sie mochte Helena und Amira, aber es erregte ihren Zorn, wenn betrunkene Frauen zu Gören mutierten. Unter der Bettdecke schaltete sie Fionas Vibrator an.

Dafür hatten die anderen zwei die Idee, einen Blowjob zu üben. „Tiefer, du musst tiefer lutschen", meinte Helena und kramte nach ihrem Smartphone. „Schau, so wie die hier. Wenn die Frau im Rhythmus würgt und sabbert, rockt es für den Mann."

Ein paar Lidschläge lang überlegte Evelyn, ob sie beim Masturbieren auch noch die Ohren zustopfen sollte. Währenddessen schoben sich ihre Freundinnen gegenseitig die Dildos in die Kehlen.

Immerhin sagte Fiona zu ihnen: „Das ist doch Blödsinn. Es gibt wahrscheinlich bessere, sicher aber verschiedene Arten zu blasen, so wie man auch auf verschiedene Arten küssen und knutschen kann."

„Ach, willst du mit uns üben?", spitzte Amira die Lippen.

Fiona lächelte süßsäuerlich. „Ist nicht dringend nötig."

Stirnrunzelnd warf Evelyn ihr einen Blick zu, bevor sie den vibrierenden Stab hartnäckiger gegen die Klitoris presste. Mit irrationalem Trotz beobachtete sie weiter, wie sich Amira und Helena auf dem Boden anpeitschten.

Die schwarzmähnige Schülerin hatte das Smartphone der anderen genommen und schoss von ihr Fotos. Ja sie bekam die vollbusige Blondine dazu, sich ganz und gar zu entblößen. Faxen machend, lehnte Helena sich hierbei an den Schrank und hielt allerdings ihre Knie zusammen.

„Warum spreizt du nicht die Beine?", keuchte Evelyn.

„Das sollen doch keine Pornofotos werden."

„Was dann?“

Amira pflichtete Evelyn bei: „Ja, was dann? Hast du wie ein Mäuschen etwas zu verstecken oder ’ne mordsscharfe Tätowierung, die sogar deine rasierte Möse ziert?“

Helena lockerte ihre Beinsperre zumindest ein Stück weit.

Geschickt imitierte Amira nun einen völlig überdrehten Fotografen: *„O ja, Baby! Wonderful! Noch ein Stückchen weiter, und noch ein Stück. Genau so! Show me pink! Yeah! Great! Absolutely fantastic!“*

Schließlich konnte sich Helena ein Kichern nicht mehr verkneifen. Dagegen versuchte Evelyn den näher schwirrenden Orgasmus so still wie möglich auszukosten und biss in die Bettdecke.

„Perfekt, ich hab gleich ein Foto an Chris geschickt“, triumphierte Amira.

„Nein!“, sprang Helena auf.

„O doch.“

„Gib her!“

Sofort rangelten sie miteinander. Um Gerechtigkeit zu erzwingen, zipfelte Helena auch Amira die Unterwäsche herunter. Dabei ließ die Dunkelhäutige das Handy los.

Bestürzt glotzte Helena drauf. „Er … er hat es schon angeschaut und schreibt zurück.“

„Was antwortet er denn? Sag!“

„Er schreibt: *Wow! HERZCHEN, HERZCHEN, HERZCHEN.“*

„Ha-ha-ha!“ Amira schmiss sich weg vor Lachen und rollte auf dem Boden. Sogar Fiona freute sich, jedoch für alle.

Denn Evelyn knüllte die Bettdecke zurück und schritt

mit dem benutzten Vibrator ins Badezimmer. Das Wasser rauschte.

„Ist es ihr gekommen?“, fragte Amira verdutzt.

„DU kommst jetzt dran, *sexy chocolate princess“,* foppte Helena sie und fotografierte drauflos.

Amira streckte die Zunge raus und zwirbelte ihre Nippel.

„Uh, ja, gib alles für deine Internetfollower.“

„Für meine Internetfollower?!“

„Reingefallen“, versetzte Helena. „Natürlich für Marvin. Mach ihn heiß wie den Teufel.“

2. Kapitel

Der Koch, der zugleich Metzgermeister und ein zäher Kerl mit Halbglatze war, wetzte das Beil. Sonntags half Evelyn grundsätzlich in der Küche und hörte eben höflich zu, was er aus seinem persönlichen Leben zum Besten gab:

„Zu Hause übernimmt gnädigst meine Frau das Kochen, so dass ich gestern mit dem ältesten meiner vier Söhne einen Thriller anschauen konnte. Es war so ein klassischer Schocker oberhalb der Schundgrenze. Da machte ein Perversling mit seinen Nachbarn genau das, was ich jetzt mit der toten Pute machen werde. Willst du wirklich zusehen?“

Evelyn dachte, dass Helena zwar Vegetarierin war und lieber dem Sezieren einer Salatbeilage für das Nudelgericht beigewohnt hätte, aber sie selber fand alles erträglicher als dieses Familiengequatsche. „Klar seh ich zu.“

Der Koch visierte mit dem Beil das gerupfte, rosahäutige Tier auf der Arbeitsplatte an. Gleich darauf ließ er die schwere Klinge in die Knochen krachen. Stolz nahm er die Pute aus und benannte die Innereien, die er teilweise in eine Abfallschüssel warf.

„Bring das bitte gleich raus zur schwarzen Mülltonne,

und hol schon mal tiefgekühlte Beeren fürs Dessert, damit sie auftauen können", sagte der Koch zu Evelyn.

Sie entsorgte die Abfälle unzimperlich im Hinterhof. Dann holte sie einen Schlüssel aus ihrer Hosentasche und öffnete den Vorratskeller, wo der mannshohe Gefrierschrank vor sich hin surrte.

Als die vier Freundinnen mittags den Speisesaal verließen und an den informativen Pinnwänden im Flur vorbeigingen, fragte Evelyn mit fast zittriger Stimme: „Was wollt ihr eigentlich nach dem Abi machen?"

„Ich werde Jura studieren", antwortete Fiona.

„Und wo?"

„Das kann ich noch nicht genau sagen. Voraussichtlich bewerbe ich mich an verschiedenen Unis in Deutschland, aber auch Großbritannien." Fionas Tante lebte in Irland.

„Bei deinen Überflieger-Noten werden die sich um dich reißen", schmeichelte Helena ihr. „Ich selber habe mich noch nicht zwischen Grafikerin und Bankkauffrau entschieden."

„Willst du uns verarschen?", entfuhr es Evelyn. „Das sind doch völlig verschiedene Dinge."

Helena zuckte mit den Schultern. „Jeder Mensch hat auch zwei verschiedene Seiten, oder?"

„Ich persönlich würde gern mein Hobby und meinen Beruf gern vereinen", erwiderte Amira. „Sagt nicht, dass ich spinne, aber ich will *Influencerin* werden."

Die anderen Mädchen sahen sich frappiert an und urteilten dann wie aus einem Mund: „Du spinnst."

„Danke, dass ihr mein Talent hierfür bestätigt, und das Beste daran ist: Eine *Influencerin* kann an jedem Ort dieser Welt …“

„… narzisstisch sein“, fiel ihr Evelyn ins Wort.

„Hm, eigentlich wollte ich sagen ›arbeiten‹. Was möchtest denn du nach der Schule machen?“

„Ich“, blieb Evelyn stehen, „ich möchte hierbleiben.“

Die anderen drei waren schon bis zur Zimmertür gegangen und drehten sich jetzt um. „Wie meinst du das? Du möchtest hierbleiben?“, fragte Fiona.

„Ich will Deutsch- und Sportlehrerin werden.“

„Ach so“, revanchierte sich Amira mit einer Spöttelei, „du möchtest unserer Dachzimmermedusa hier Konkurrenz machen.“

In dem ehemaligen Pflegekind kochte ein wirres Gefühl der Übelkeit hoch. Ob dies damit zusammenhing, dass sie an die gegessene Pute denken musste, blieb für sie selber in einen hinteren Winkel ihres Bewusstseins verborgen.

Fiona wies Amira jedenfalls mit einem leichten Schlag auf den Oberarm zurecht. „Pass auf, dass dir nicht dein frecher Schnabel irgendwann zum Verhängnis wird.“

Sie nuschelte eine Entschuldigung: „Tut mir leid, Evelyn.“

„Irgendwie hoffte ich, wir würden immer zusammen sein.“

Bevor Fiona etwas erwidern konnte, beruhigte sogar Helena sie: „Das muss doch nicht heißen, dass wir keine Freundinnen bleiben. Im platonischen Sinne sind Raum und Zeit ja nicht wesentlich.“

„Was ist eigentlich mit Christopher?“, überlegte Evelyn laut.

„Oh, wir sind heute Abend verabredet und ich kann's gar nicht erwarten", stieß Helena die Tür auf. „Was soll ich nur anziehen? Helft mir mal!"

Die jungen Frauen trappelten nacheinander ins Zimmer.

„Wo trefft ihr euch denn?", wollte Amira wissen.

„In seiner Wohnung."

„Da ist doch auch Marvin!"

„Keine Sorge, ihn werde ich nicht anknabbern, sondern ganz für dich übriglassen. Außerdem dürfte die Wohnung nicht so mickrig sein", fummelte Helena aufgeregt ein paar Kleider aus dem Schrank. „Ihr braucht aber nicht auf mich warten. Ich werde wahrscheinlich bei Chris schlafen und mir ausnahmsweise die Freiheit nehmen, erst morgen Früh zurückzukommen. Steht mir Rot?"

Das staatliche Internat war in der Nacht vor allem zum Schutz der minderjährigen Mädchen geschlossen. Dessen ungeachtet steigerte sich Evelyns ungutes Gefühl, um nicht zu sagen ihre Vorahnung bis ins Extreme.

Helena lief vorsichtig durch den Wald. Sie hatte es sich allerdings nicht ausreden lassen, zu ihrem roten Kleid mit Lederjacke und schwarzer Strumpfhose auch noch hochhackige Schuhe anzuziehen. Unter ihrem Absatz knackte ein abgestorbener Ast.

„Scheiße, das nächste Mal soll er mich abholen", sprach sie mit sich selbst und spähte umher. Vor ihr schien sich der Platz abzuzeichnen, wo die verrußte Feuerstelle war.

Wie von Geisterhand wurde Helena plötzlich von hinten gepackt. Sie versuchte zu schreien, doch eine Armbeuge schloss sich wie eine Eisenzwinge um ihre Kehle. Flehentlich schlug die junge Frau um sich, so dass ihre Handtasche auf den Waldboden fiel und letztlich ihre Beine nachgaben.

Sie wurde rückwärts geschleift. Als sich unter einem verzweifelten Röcheln ihre Augen verdrehten, glomm über ihr noch eine Teufelsfratze auf.

3. Kapitel

Frau Dr Rosenfels holte vor der zwölften Klasse ihren weißen Zeigestock heraus. Als Direktorin unterrichtete sie nur noch den Psychologiekurs, wenngleich sie auch als Geschichtslehrerin ausgebildet war. Unter den Schülerinnen hatte sich längst rumgesprochen, dass sie mit Vornamen einfach Lola hieß und Ende vierzig sein musste. Erst seit wenigen Monaten trug sie einen hübschen Ehering, aber mit wem sie verheiratet war, das blieb für alle ein Rätsel.

Evelyn fühlte sich einerseits unruhig und andererseits müde, weil ihr Alpträume zugesetzt hatten. Auf jeden Fall war Helena nicht zum Unterricht erschienen.

Verstimmt zeigte Frau Dr Rosenfels auf ein anatomisches Schaubild des menschlichen Gehirns: „Im sogenannten Limbischen System werden unsere Gefühle, Triebe und Erinnerungen verarbeitet. Wir alle wissen aus Erfahrung, dass beispielsweise Freude oder Schmerzen einen grundlegenden Einfluss darauf haben, wie nachhaltig ein bestimmter Eindruck auf uns wirkt. Ist der Unterricht langweilig, bleibt nix im Gedächtnis haften.“

Ein zurückhaltendes Lachen wogte durchs Klassenzimmer.

„Die Nervenzellen kommunizieren dabei auf komplexe und noch nicht vollständig erforschte Weise mit anderen Bereichen des Gehirns“, fuhr Frau Dr Rosenfels fort. „Doch eine Schädigung im Limbischen System kann zweifellos zu einer bipolaren Störung, also einer manisch-depressiven Erkrankung führen und an psychotischen Persönlichkeitsveränderungen …“

Es klopfte.

„Herein!“

Aschfahl betrat die Hausmeisterin das Klassenzimmer. Mit ihren sechzig Jahren zitterte sie ohnehin gelegentlich, doch jetzt schlotterte sie.

„Was ist denn passiert?“, fragte die Direktorin.

„I-ich fürchte, das müssen Sie sich selber ansehen. Allerdings ist es so abgrundtief scheußlich, dass die Mädchen unter allen Umständen hierbleiben sollten.“

Frau Dr Rosenfels schritt mit der Hausmeisterin aus dem Klassenzimmer und ließ sich von ihr über das Grundstück führen. In der Nähe des alten, legendenumrankten Gebäudes rümpfte die Direktorin ihre Nase: „Was stinkt denn hier so?“

„Genau das habe ich mich auch gefragt.“

Sowie Frau Dr Rosenfels die quietschende Holztür mit den verrosteten Scharnieren aufschob, wendete sie sich voller Entsetzen und Ekel ab, als wäre eine höllische Faust auf sie zugerast. „O Gott!“

Sie presste eine Hand auf den Mund. Dann zwang sie sich unerbittlich, genauer hinzuschauen.

Helena hing kopfunter mit blutverkrustetem Gesicht und

Haar vom Deckenbalken. Die Fußknöchel hatten sich durch das Seil blauweiß verfärbt. Doch zugleich war die junge Frau vom Schambein bis zu den entzweiklaffenden Rippen ausgeweidet. Auf dem Boden stand ein Blecheimer, in dem ihre Eingeweide überquollen. Daneben lag zerknäult ihre Kleidung, und an die Mauer hatte jemand mit Blut geschrieben:

IHR FLEISCH BLIEB REIN
DOCH IHR HERZ IST MEIN
Der Geist des Bösen

Bald danach sperrte ein Polizeikommando die Ruine ab. Der Himmel war bewölkt und grau.

Wie ein schnaufender Riese lief Oberkommissar Schwartz noch einmal zu seinem Audi. Mit seinem offenen Mantel über dem Hemd und einem leichten Bauchansatz hätte er auch Vertreter für große Haushaltsgeräte oder Nahrungsergänzungen sein können, zumal ihm selber vielleicht zusätzliche Vitamine hilfreich gewesen wären. Jedenfalls litt er seit der Scheidung von seiner Frau irgendwie an Asthma. Die genauen kausalen Zusammenhänge würde sein Arzt wohl nie herausfinden, und das war für Kommissar Schwartz verdammt unbefriedigend.

Nachdem er sein Asthmaspray aus dem Handschuhfach geholt und inhaliert hatte, kam seine Kollegin auf ihn zu. Die noch gar nicht so reife Kommissarin mit dem deutsch-polnischen Namen Binsky fiel durch ihr sinnlich geformtes Becken auf, das sogar in unscheinbaren Klamotten ihre schlanke Taille betonte und doch eine höchst unerwünschte Signalwirkung entfaltete. Deshalb hatte sie sich einen kühlen, fast männlichen Gang angewöhnt und ihr honigbraunes Haar im Dienst zu einem Dutt geknotet.

„Bei dieser Tat muss einem wirklich der Atem stocken", sagte sie. „Man möchte es fast glauben, dass nur der leibhaftige Satan dazu fähig ist."

„Woher kennt der Mensch den Satan, Teufel, Luzifer und wie man den Bösen noch so nennt? Von sich selbst", antwortete Schwartz und steckte das Asthmaspray in seine Manteltasche.

„Hoffentlich können wir das in diesem Fall auch beweisen. Übrigens haben die Kollegen von der Spurensicherung schon etwas entdeckt."

Somit kehrten die beiden Kommissare zu einer Polizei-Einheit in weißen Overalls zurück, die auch außerhalb des abgesperrten Gemäuers tätig war. Ein Kriminaltechniker hielt eine Damenhandtasche in seinen behandschuhten Fingern.

„Die haben wir da drüben im Wald gefunden", gestikulierte er. „Höchstwahrscheinlich wurde die junge Frau dort angegriffen und den Schleifspuren zufolge bewusstlos oder tot hierhergeschleppt."

Schwartz zog seinerseits Handschuhe an und erblickte in der Tasche ein Smartphone, das noch die IT-Experten auswerten würden. Dann holte er aus einem roten Portemonnaie vorsichtig den Ausweis. Er selber hätte nicht sagen können, ob die blonde 18-Jährige auf dem Passfoto tatsächlich mit dem Opfer identisch war, so entstellt und verschmiert hatte das Gesicht der bereits abtransportierten Leiche ausgesehen.

„Den Ausweis behalte ich noch kurz“, gab er die Handtasche dem Kriminaltechniker zurück und wandte sich an Binsky: „Ich schlage vor, wir beginnen mit der Zeugenvernehmung bei der Direktorin und nicht bei der etwas tattrigen Hausmeisterin.“

Frau Dr Rosenfels diskutierte im Foyer mit den Lehrerinnen und weiteren Angestellten, die teils erschüttert die Sorge äußerten, das Internat müsse schließen. Zumindest waren alle Schülerinnen erst mal auf ihre Zimmer geschickt worden.

Die Direktorin ging mit Schwartz und Binsky in ihr Büro. Allerdings war sie so aufgewühlt, dass sie sich nicht setzte. Die ruhigere Kommissarin begann im Stehen auf einen Notizblock zu kritzeln, während Schwartz sprach.

„Als wir eingetroffen sind, erklärten Sie uns, dass Ihre Hausmeisterin in dem verfallenen Gebäude ein totes Mädchen entdeckt und Sie umgehend geholt hatte.“ Auf diese Worte hin zeigte er Frau Dr Rosenfels das Passbild. „Können Sie bestätigen, dass es sich dabei um exakt dieses Mädchen handelte?“

„Ja, das ist sie. Ich habe ihren Namen heute Morgen als fehlend ins Klassenbuch eingetragen. Aber wo haben Sie diesen Ausweis her?“

Der Kommissar erläuterte es ihr und merkte an: „Falls es ein Einzeltäter war, so hat er für dieses Verbrechen mutmaßlich die halbe Nacht benötigt. Es sei denn, er verfügt über eine Ausbildung als Metzger oder Jäger.“

So grässlich das alles auch anmutete, empfand Frau Dr Rosenfels doch eine gewisse Erleichterung. „Damit steht fest, dass ich das Internat *nicht* schließen werde. Dieses blutbesudelte Klosterüberbleibsel befindet sich zwar noch auf unserem Grundstück, aber wie Sie selber sagten, ereignete sich der Angriff außerhalb. Letztendlich können wir einer volljährigen und daher eigenverantwortlichen Person nicht diktieren, was sie in ihrer Freizeit zu tun hat. Vermutlich wollte sie sich mit irgendeinem Typ treffen. Wie dem auch sei, die ganze Sache liegt doch so, dass ihr Leben *innerhalb* des Internats in Sicherheit gewesen wäre. Wir werden diesen Punkt gegenüber den Medien und Familien aller Schülerinnen gar nicht genug hervorheben können."

Ist sie hier die zweite Kommissarin oder was?, dachte Binsky. Laut fragte sie: „Warum haben Sie diese Ruine eigentlich nicht längst abreißen lassen?"

„Ja verflucht, das hätte ich natürlich tun sollen!"

„Aber? Liebäugelten Sie mit so einer Art bizarrem Denkmalschutz?"

Schwartz warf seiner jüngeren Kollegin einen mahnenden Blick zu, der auch Frau Dr Rosenfels nicht entging. Da sie es ihrerseits gewöhnt war, dominant aufzutreten, antwortete sie: „Vermeiden Sie bitte solche Begriffsbildungen gegenüber der Öffentlichkeit. Ich möchte, dass es die Mädchen hier möglichst gut und wir nicht so eine schlechte Kantine wie in anderen Schulen haben. Das bedeutet aber zugleich, dass ich mit den schönen Landesministerien über jeden Euro streiten darf. Darum habe ich an Baggern für einen Abriss gespart."

„Solange die Ermittlungen andauern, sollte das Gemäuer auf keinen Fall angetastet werden“, erklärte Schwartz. „Gibt es denn jemanden, der Ihrem Ruf oder dem Internat schaden möchte?“

„In diesen brutalen Dimensionen fällt mir niemand ein.“

Der Kommissar wollte anschließend mehr über Helena, ihr Umfeld und ihre Eltern wissen. Wie würden die beiden diese persönliche Katastrophe verkraften? Sie leiteten zusammen eine Fruchtsaft- und Limonadenfabrik.

„Wenn die junge Frau jedoch am Abend alleine ausgegangen ist“, überlegte Schwartz, „dann können ihre Zimmergenossinnen vielleicht mehr darüber sagen. Wo finden wir sie?“ Dabei war ihm der Gedanke an einen Raum voller Teenagerinnen irgendwie unangenehm.

„Im zweiten Stock, Zimmer sechs.“

„Ich kann das alleine“, steckte Binsky den Notizblock ein.

„Bist du sicher? Ich meine nur, weil …“ Der Kommissar unterbrach sich. „Besser ist’s wohl in Anbetracht dessen, was wir noch alles zu tun haben. Frau Dr Rosenfels, ich möchte dafür mit Ihnen das relevante Personal für eine Befragung sortieren.“

Alle drei verließen das Direktorat.

Binsky ging die nackten Marmorstufen hoch und kämpfte mit dem Gefühl, deplatziert zu sein. Sie war asexuell. Wie sie Schwartz nicht verheimlicht hatte, verspürte sie einfach keinen Geschlechtstrieb. Deswegen kam sie sich in dieser sexualisierten Gesellschaft oft so farblos bis anormal vor, dass sie es wie zum Trotz einmal mit einem Mann und sogar mit einer Frau versucht, aber rein nichts empfunden hatte. Eigentlich sehnte sie sich nur nach ihrer warmen Single-Wohnung und ein paar netten Gesprächen.

Sie klopfte an die Tür der jungen Frauen.

Fiona öffnete einen Spaltbreit und ließ die grüßende Polizistin dann umstandslos herein. Schnell quetschte Amira ihre schluchzenden Tränen zurück und versuchte von ihrem unordentlichen Nachtschränkchen noch die Kopfhörer mitsamt Schlafmaske wegzuräumen, ließ es aber einen Moment später bleiben. Evelyn saß regungslos und bleich am Bettrand. Unter Schock, dachte Binsky.

Um die Personalien aufzunehmen, brauchte sie auch diesmal den jeweiligen Ausweis. Mechanisch folgte Evelyn dem Beispiel ihrer Freundinnen, ließ ihn sich danach zurückgeben und faltete die Hände zwischen den Knien. Die Kommissarin knipste auf ihrem blauen Kugelschreiber rum und begann mit der Befragung.

„Wann haben Sie Ihre Zimmergenossin zum letzten Mal gesehen?“

„Gestern um 21 Uhr 30. Sie ging noch aus“, sagte Fiona.

„Können Sie mir sagen, wohin?“

„Sie wollte sich mit einem jungen Mann treffen.“

„Wissen Sie auch, wie er heißt?“

„Christopher … den Nachnamen kenne ich leider nicht.“

„Ich ebenso wenig“, schniefte Amira in ein Taschentuch.

„Allerdings wissen wir, dass er zusammen mit einem Kommilitonen in dem Hochhaus gleich hinterm Wald wohnt.“ Fiona deutete in die entsprechende Himmelsrichtung und ergänzte: „Die beiden studieren Ethnologie an der hiesigen Uni.“

„Okay, das ist hilfreich. Und wie hat Helena ihn kennengelernt?“

„Wir waren alle am Freitag auf einer Lagerfeuer-Party.“

Unvermittelt stieß Amira hervor: „Aber die zwei sind nett! Sie verdächtigen doch nicht etwa Christopher an diesem furchtbaren Mord?“

„Das sind alles erst mal nur Routinefragen“, wehrte Binsky ab. „Wollte Helena denn bei diesem jungen Mann übernachten?“

„Ja, genau“, antwortete abermals Fiona.

Die Kommissarin mochte diese rothaarige Schülerin, die einen kühlen Kopf bewahrte. Obwohl oder gerade weil die drei Mädchen so verschieden auf die Tragödie reagierten, war es erstaunlich, wie viel Raum sie einander für ihre Bedürfnisse ließen. „Was haben Sie alle gestern Abend noch gemacht?“

Das war eine intime und persönliche Frage.

„Wir“, hob Evelyn die Stimme, „gingen ins Bett.“

„Normalerweise liege ich noch wach, aber die Nächte davor waren so kurz, dass ich sofort eingeschlafen bin“, bekräftigte Fiona.

Die Kommissarin äugte zu der angelehnten Badezimmertür und einem Kleiderschrank. „Keine Sorge, ich bin nicht befugt, in Ihren Privatsachen rumzuschnüffeln. Was aber das Mordopfer betrifft, so muss ich mir diese Zimmerecke genauer anschauen.“

Unter Beachtung der Vorschriften durchkämmte sie demgemäß Helenas Gegenstände. Als Binsky den knalligen Dildo entdeckte, fühlte sie sich arg befremdet (aber die

Mädchen hinter ihr angesichts dieser Situation auch). Wie konnten andere Frauen mit so einem Ding im Körper nur Sinnenfreude empfinden? Wenn hier ein Sexualverbrechen vorlag, dann verstand die Kommissarin es nicht, und wenn hier *keines* vorlag, dann verstand sie es noch weniger.

„Also, ich danke Ihnen für die Auskunft, und rechnen Sie mit weiteren Besuchen von Ermittlern im Internat“, sagte Binsky bemüht sachlich. Sie gab allen drei Mädchen je eine Visitenkarte von sich, auf die sie vorsorglich auch noch die Telefonnummer eines Traumatologen schrieb. „Bleiben Sie vorsichtig, aber tapfer. Auf Wiedersehen!“

Nachdem Binsky zusammen mit Schwartz den Gebäudekomplex verlassen hatte, sagte sie: „Wir haben schon ein paar Puzzleteile.“

Die beiden Kommissare betraten den metallglänzenden Lift im Hochhaus. In einer Ecke sahen sie gleichwohl eine leere Chipstüte lungern.

Sowie Schwartz die Taste für die 21. Etage gedrückt hatte und die Reise nach oben begann, sagte er zu Binsky: „Immerhin hat sich die Angestellte von der Uni nicht geziert. Verzeihung, ich meinte damit, dass sie uns schnell die nötigen Informationen gegeben hat.“

„Schon klar.“

Gleich darauf summte das Handy des Kommissars, das er aus seiner Manteltasche fingerte. „Ja, was gibt’s? … Mh-hm … Gar keine? … Höchst kurios … Unbedingt. Vielen Dank erst mal“, beendete er den Anruf.

Binsky schaute ihn fragend an.

Bereitwillig antwortete er: „Es gibt drei Neuigkeiten. Erstens schickte Helena über ihr Smartphone ein Nacktfoto von sich an Christopher Gormann, woraufhin er an sie Herzchen sendete. Zweitens hat die Spurensicherung bisher keine verdächtigen Fingerabdrücke gefunden, aber Textilfasern, die nicht alle von Helenas Kleidung herrühren. Und drittens fehlte laut Gerichtsmedizin in dem Eimer voller Eingeweide ihr Herz."

Die Kommissarin stutzte. „Das ist noch gestörter als so mancher Eingeweidekult, den afrikanische Stämme treiben."

Schnarrend öffnete sich der Fahrstuhl.

Sie gingen gleich zu der Wohnung mit dem Klingelschild „Gormann/Mayer". Geschrei, das sich wie scharfe Schmetterbälle anhörte, schallte aus dem Inneren.

„Na toll", prüfte Binsky den Sitz ihrer Pistole und holte ihre Polizeimarke raus. „Ich bin auf alles gefasst. Hoffe ich zumindest."

Der stattliche Kommissar klingelte.

Kurz danach öffnete Marvin in einem weißen Karateanzug mit schwarzem Gürtel die Tür. „Oh nee, nicht schon wieder. Christopher, die Polizei!"

„Wir werden leiser sein", rief ebenjener, ohne im Flur zu erscheinen.

„Hier geht es nicht um Ruhestörung. Wir sind von der Kripo", betonte Schwartz. „Dürfen wir reinkommen."

Mit gefurchten Augenbrauen trat Marvin demonstrativ zur Seite. Ihm schien erst jetzt aufzufallen, dass die Frau und der Mann lediglich Zivilkleidung trugen.

In der geräumigen Mitte des Wohnzimmers stand Christopher barfuß mit dem identischen Karateanzug und Gürtel – ringsum Götzenstatuen, Souvenirs, Bücherregale sowie ein Großbildfernseher. „Worum geht's denn?"

„Um den Mord an Helena", erklärte ihm der Kommissar.

Wenn sich die Bestürzung so plötzlich und doch nachdrücklich zeigt, dann könnte sie gespielt sein, dachte Binsky über den Studenten.

„Helena wurde ermordet?"

„Bedauerlicherweise trifft es das Wort ›abgeschlachtet‹ noch besser", antwortete Schwartz. „Ich habe ein paar Fragen an Sie, Herr Gormann."

„Ach je, entschuldigen Sie die Aufmachung", fasste Christopher an seinen Karateanzug. Dann zeigte er auf eine Couchecke und gepolsterte Stühle bei einem Tisch. „Bitte nehmen Sie Platz."

Marvin fragte vom Durchgang zur schmalen Küche, in die kaum zwei Personen passten: „Möchten Sie einen Tee?"

„Nein, danke", setzte sich der Kommissar auf die Couch.

Binsky war auf Teesorten zwar grundsätzlich neugierig, wollte es sich hier aber nicht zu gemütlich machen und lehnte ebenfalls ab. „Dafür möchte ich auch Ihnen einige Fragen stellen, Herr Mayer. Wo sind wir ungestört?"

„Hier lang."

Wenn sie geahnt hätte, dass sie mit dem leicht bekleideten Kerl in seinem Schlafzimmer reden müsste! Schwartz hörte, wie sich die Tür hinter den beiden schloss.

Zugegebenermaßen konnte er diese fitten Casanovas nicht

besonders leiden, und hinter seiner Abneigung versteckte sich eine Portion wehmütiger Neid. Denn der geschiedene Asthmatiker mit dem leichten Übergewicht war selber einmal ein Frauenschwarm gewesen.

Er blickte in Christophers blaue Augen, der auf dem Stuhl saß. Dann klärte Schwartz ihn über seine Rechte auf, startete eine Audio-Aufnahme und ließ den unvermeidlichen Satz hören: „Wo waren Sie am vergangenen Sonntag ab 21 Uhr?“

„Hier in der Wohnung.“

„Und Ihr Kumpel?“

„Er war auch hier. Marvin wird bestätigen, dass ich glaubte, Helena hätte mich versetzt. Ich kannte sie noch nicht lange, aber ich fand sie irgendwie liebenswert“, stockte Christopher.

Welchen Wert hätte Marvins Bestätigung? Die zwei könnten das alles gemeinsam kalkuliert haben, dachte Schwartz. „Wie ich sehe, sammeln Sie kultische Objekte?“

Christopher verteidigte diese Tatsache mit seinem Studium. Das Verhör begann im Kreis zu schlingern, und zwar so lange, bis er gereizt reagierte.

„Bitte, Herr Gormann, sagen Sie mir noch, als was Ihr Vater arbeitet.“ Der Kommissar kannte bereits die richtige Antwort, doch er wollte sein Gegenüber testen.

Christopher schnaubte. „Mein Vater ist Prokurist in einem Versandhandel für Äxte und Messer. Ganz bestimmt stempelt mich das aber nicht zum Mörder, bloß weil Sie in der Verbrechensaufklärung hinterherhinken und bisher keinen besseren Verdächtigen gefunden haben als mich.“

Das traf den Kommissar unerwartet hart, und er hielt dagegen: „Warum bleiben Sie nicht ruhig, wenn Sie im Recht sind?“

Binsky öffnete schwitzend wie in einem Korsett die Schlafzimmertür. Als sie und Schwartz sich formell von den jungen Männern verabschiedet hatten, traten die beiden Kommissare wieder in den Lift.

„Ehrlich“, seufzte Binsky mehrdeutig, „mir kam es fast so vor, als wollte mich der Typ aufs Kreuz legen. Aber wir haben keine Beweise, stimmt's?“

„Wir haben noch nicht mal ein Motiv.“

4. Kapitel

Amiras dunkelgesichtige Eltern standen mit Wollmützen auf dem Parkplatz des Internats. Besorgt redeten sie mit ihrer Tochter, aber auch mit Evelyn und Fiona. Währenddessen rieselte Schnee auf sie und einen weißen Van mit einer leicht zerkratzten Schiebetür.

„Wir haben mit Helenas Eltern gesprochen, und sie sind ganz verzweifelt vor Trauer“, sagte die armenische Mutter mit Akzent.

Der Vater vervollständigte: „Damit so etwas nie wieder geschieht, lassen wir euch diesen Van hier. Fahrt vorsichtig wegen Glatteisgefahr, aber versprecht uns vor allem, dass ihr nicht mehr zu Fuß in der Dunkelheit geht.“

„Wir versprechen es“, umarmte Amira ihre Eltern.

Fiona und Evelyn bedankten sich fast gleichstimmig: „Das ist sehr nett von Ihnen.“

Zu guter Letzt lispelten die Armenier ein Gebet, übergaben ihrer Tochter den etwas klobigen Schlüssel und fuhren selber mit einem anderen Auto zurück nach Hause. Die drei Mädchen gingen wieder auf ihr Zimmer.

Dort versenkte sich Amira auf dem Bett in ihr Smartphone, bis sie mit unfassbarer Eigensinnigkeit verkündete:

„Ich werde mich um halb sechs mit Marvin in einem Café treffen."

„Bist du völlig übergeschnappt?", entgegnete Evelyn.

„Im Gegenteil, ich will das ganze Missverständnis wieder ein bisschen hinbiegen, nachdem diese dämlichen Kommissare die Jungs so in die Bredouille gebracht haben. Marvin hat mir geschrieben, dass dies alles auch für ihn, besonders aber für Christopher ein Schock war."

„Dass eine solche Gräueltat selbst den oder die Täter schockieren kann, bezweifle ich nicht im geringsten."

„Fang du nicht auch noch damit an, Evelyn! Die beiden waren es nie und nimmer", sprang ihre temperamentvolle Mitschülerin vom Bett auf.

Sitzend mischte sich Fiona in die Diskussion ein: „Was glaubst du denn, wer es war?"

„Es gibt so vieles zwischen Himmel und Hölle, das sich mit unseren Hirnzellchen nicht begreifen lässt. Ich glaube", antwortete Amira, „dass der Geist des Barons in diesem verfluchten Wald lauert und nach den Herzen von Jungfrauen giert."

„Lass dich doch von dieser Mär nicht irremachen. Jeder dichtete etwas dazu. Wahrscheinlich handelt es sich um irgendeinen triebgesteuerten Psychopathen, der diese Verse mit Helenas Blut an die Wand geschmiert hat", versuchte Fiona die unheimlichen Vorgänge zu rationalisieren. „Wenn du dich unbedingt mit Marvin treffen möchtest, solltest du dich trotzdem zur Sicherheit von uns begleiten lassen."

Amira kaute auf ihrer Lippe rum. „Ich will die Sache aber mit ihm alleine klären."

„Wie willst du es denn *klären?“*, baute sich Evelyn vor ihrer Freundin auf, um nun maximalen Druck auszuüben. „Indem du dich irgendwo nach einem dünnen Cappuccino ganz oder gar nicht ficken lässt? Kein Model sieht exotischer, naiver und körperlich schwächer aus als du!“

„Leck mich doch, dann sage ich eben ab!“, schrie Amira konfus. Frustriert tippte sie eine Mitteilung an Marvin.

Als nachher ihr Handy fiepte und sie seine Antwort las, giftete sie die anderen zwei voller Sarkasmus an: „Allerliebsten Dank für eure superklugen Ratschläge! Dadurch habe ich Marvin enttäuscht und es mir womöglich total mit ihm versaut.“

Amira schlüpfte in ihre Jacke und schloss die Knöpfe bis zu dem Kunstpelz, der ihre runtergeschlagene Kapuze säumte. Außerdem stopfte sie ihr Portemonnaie und den Autoschlüssel in die Taschen.

„Was hast du jetzt vor?“, fragte Fiona.

„Ich fahre in die Innenstadt zum Shoppen, und zwar ohne euch. Vielleicht finde ich noch ein Versöhnungsgeschenk für Marvin. Tschüss!“ Damit preschte sie aus dem Zimmer.

Evelyn schaute mit düsteren Gedanken aus dem Fenster.

„Sie wird sich schon wieder beruhigen“, kam Fiona näher und berührte sanft das kräftige Schulterblatt ihrer Mitschülerin. Da keine Reaktion erfolgte, fügte sie hinzu: „Stört es dich, wenn ich in die Schulbibliothek gehe?“

Evelyn schüttelte den Kopf.

Wie konnte Fiona mit Büchern in der Hand stundenlang alles um sich herum vergessen?

Mit einer silbergoldenen Einkaufstüte auf dem Beifahrersitz bog Amira in der spätnachmittäglichen Dämmerung wieder von der Stadtautobahn. Kaum befand sie sich auf der stein- und baumbegrenzten Nebenstraße in Richtung Internat, als etwas seitlich gegen den Van knallte.

Erschrocken bremste sie und blickte in die Spiegel. Doch sie konnte nichts erkennen.

„Okay, okay“, wollte sie sich Mut zureden und an den Türöffner greifen. Stattdessen zog sie ihre Hände zurück, rieb ihre Schläfen und starrte aufs Lenkrad. Gerade als sie in der Jackentasche nestelte, wurde die Beifahrertür aufgerissen und jemand mit roter Teufelsfratze stieß die Einkaufstüte weg.

Amira kreischte. Der Laut erstarb jedoch gurgelnd, weil der Täter ihr mit einem großen Messer die Kehle aufschlitzte und ein Schwall Blut gegen die Armaturen platschte.

Mit Gummihandschuhen zerrte er die Tote nach hinten in den fensterlosen Teil des Vans. Erstaunlich schnell nahm die Gestalt einen dunklen Rucksack ab und legte sowohl Plastikfolien als auch Stofflappen aus, damit das Blutbad nicht durch die Ritzen auf die Straße tropfte. Dann stieg der Täter wieder nach vorne in die Fahrerkabine und drückte aufs Gaspedal.

Er kurvte an einen gottverlassenen Ort.

Dort kroch er abermals in den Laderaum, schaltete die Innenbeleuchtung an und entkleidete die Frauenleiche. Zärtlich küsste er ihren Mund und wisperte: „Es tut mir leid.“

Schließlich holte er aus dem Rucksack jedoch eine Säge und portionierte sie brachial in Stücke.

5. Kapitel

Die Kommissare Schwartz und Binsky marschierten mit einem uniformierten Polizeitrupp in die Wohnung der Studenten. Zwar trugen die sportlichen Männer diesmal einfache Pullover, aber sie knirschten umso bedrückter mit ihren Zähnen.

„Was soll das?“, fragte Marvin.

Dabei wusste angesichts eines gesteigerten Medieninteresses bereits jeder, dass Amira als vermisst gemeldet und der Van ihrer untröstlichen Eltern im alten Steinbruch gefunden worden war. Das Mädchen selber oder dessen Überreste lagen nicht in dem Fahrzeug. Allerdings konnte aufgrund der grauenerregenden Schweinerei darin kein Zweifel an Amiras Tod bestehen, zumal die Innenwand wieder mit der rituell anmutenden und herzroten Schrift beschmiert war.

Schwartz sagte: „Wir haben einen Durchsuchungsbefehl.“

„Dürfen wir erfahren, worauf sich der stützt?“, murrte Christopher.

„Ich will Ihnen eine Antwort geben. Unser Verdacht erhärtet sich unter anderem dadurch, dass auch dieses Opfer in Kontakt zu Ihnen beiden stand. Außerdem liegt uns der Augenzeugenbericht eines Passanten vor. Demzufolge sprang eine große, athletische und dunkelgekleidete Person mit Dämonenmaske in den Van, den unwiderlegbar die armenischstämmige Schülerin gefahren hat …" Aus ermittlungstaktischen Gründen hielt der Kommissar hierauf die Klappe.

„Ach, und diese diffuse Dämonenbeschreibung passt zufällig auf einen von uns beiden, wie?", höhnte Marvin. Um sie herum trugen Polizisten von der Spurensicherung einfach eine Fruchtbarkeitsstatue, Lanzenschäfte, einen selbstgebauten Ökomülleimer und zwei Notebooks aus der Wohnung. Die Computer waren für gewisse Universitätsarbeiten unentbehrlich!

Christopher reckte sein Kinn. „In welcher Entfernung befand sich überhaupt dieser Augenzeuge, und war es vielleicht schon dunkel?"

Tatsächlich handelte es sich um einen frühberenteten Diabetiker, der von einem Feldweg quer bis zur asphaltierten Allee noch mindestens dreißig Meter zu gehen hatte. Im Zwielicht konnte er durchaus sehen, wie die erwähnte Gestalt hinter einem Baum hervorrannte. Die Ermittler schlussfolgerten aus einer Delle in der Karosserie und Metallpartikeln an einem gefundenen Stein auf der Straße, dass der Täter ebenjenen geschleudert hatte. Erkennen konnte der Passant selber diesen Wurf dagegen nicht, und auch im Hinblick auf die Maske waren seine Angaben vage. Bevor er sich von der Seite genähert hatte, raste der Van davon.

Die Bekannten von Marvin und Christopher beschrieben

sie auch noch vorteilhaft als „freundlich“ sowie „zuverlässig“. Ähnlich hatte sich der Chef einer Zoohandlung geäußert, in der beide wechselweise als Aushilfen arbeiteten. Doch so etwas hörte man nicht zum ersten Mal über hinterhältige Verbrecher.

„Wir stellen hier die Fragen“, stemmte Binsky ihre Hände in die Hüften. Jetzt war der richtige Augenblick, um unterkühlt und steif zu wirken.

Die Verdächtigen wurden erneut verhört. Allerdings durfte sich diesmal Schwartz mit Marvin in das bereits durchwühlte Schlafzimmer absondern. Die jüngere Kommissarin nahm sich am Couchtisch rhetorisch Christopher zur Brust:

„Herr Gormann, wo waren Sie am Mittwoch um 17 Uhr?“

„Im Supermarkt und bei meinen Eltern.“

„Und danach?“

„Marvin und ich besuchten noch um 19 Uhr eine Vorlesung. Das lässt sich leicht durch die Anwesenheitsliste überprüfen.“

War es möglich, in zwei Stunden oder weniger einen barbarischen Mord zu begehen? Die Leiche wegzuschaffen? Seine Kleidung zu wechseln? Vieles sprach dafür, dass der Täter in hetzender Eile war.

„Was machte Ihr Kumpel, während Sie sich im Supermarkt und bei Ihren Eltern aufhielten?“, hakte Binsky nach.

Christopher runzelte die Stirn.

Im Schlafzimmer musterte der Kommissar von einem Stuhl aus Marvin, der auf der Bettkante saß und seine Finger aneinander rieb. „Herr Mayer, ich frage Sie noch mal:

Was taten Sie, während sich Ihr Kumpel im Supermarkt und bei seinen Eltern aufhielt?"

„Na schön, ich sag's Ihnen. Ich bin nach Amiras merkwürdiger Absage zum Internat gegangen, um noch mal persönlich mit ihr zu reden. Vorm Eingang hatten sich aber Journalisten zusammengerottet, die alle der Direktorin auf die Pelle rückten. Deshalb kehrte ich wieder um."

„Hat jemand Sie gesehen?"

„Vermutlich nicht, nein. Die Journalisten standen mit dem Rücken zu mir, und die Direktorin schien voller Unmut auf die hochgehaltenen Mikrofone beziehungsweise Kameras fixiert."

„Verstehe."

Als sich die Kommissare nach dem Verhör mit ihrem Ermittlerteam berieten, verweilten zwei wortkarge Polizisten bei den Verdächtigen. Schwartz hätte am liebsten Marvin oder Christopher in Gewahrsam genommen. Oder beide? Hierin waren die Indizien eben noch unsicher und zu überprüfen.

Dass sich in der ganzen Wohnung keine Klinge aufspüren ließ, die nicht zahm wie ein Tomatenmesser anmutete, fand auch Binsky sonderbar. Ebenso war die fragliche Maske entweder fortgeschafft worden oder einfach nicht im Besitz der Studenten. Nichtsdestoweniger wollten die Kommissare durch die Staatsanwaltschaft anordnen lassen, dass Christopher und Marvin observiert werden.

Ein Kriminaltechniker zupfte ihnen schließlich noch Haarproben heraus, um sie in Reagenzgläser zu stecken und mit diversen DNA-Spuren abzugleichen. Aus ihren

Kleiderschränken waren zudem jede Menge dunkler Textilfasern beschlagnahmt worden.

Als alle Polizisten außer den Kommissaren das Schlachtfeld schon verlassen hatten, sagte Binsky fast salopp zu den Studenten: „So etwas bringt natürlich Unannehmlichkeiten mit sich.“

„Sag mal, Chris“, holte Marvin strategisch gegen sie aus, „wie hast eigentlich du es mit ihr empfunden? Tat sie die ganze Zeit nur so oder ist sie wirklich frigide?“

Die Kommissarin fühlte ihren Blutdruck hochschießen. Sie hätte diesen Kerl gern belehrt, dass sie einfach nur asexuell und keineswegs frigide sei, aber das ging ihn einen Dreck an. „Es wäre für eine Kriminalbeamtin nicht gerade angemessen, wenn sie wie ein Flittchen rüberkäme, Herr Mayer.“

Souverän gekontert, dachte Schwartz. Mit einem strengen Lächeln verabschiedete er sich von den Verdächtigen: „Wir wünschen Ihnen noch besinnliche Weihnachten!“

Die Kommissare gingen.

„So ein Mist“, wandte sich Christopher an seinen Kumpel. „Es war doch nicht nötig, diese Binsky auch noch zu beleidigen, Mann.“

„Ich habe sie nicht beleidigt, sondern lediglich mit etwas Menschenkenntnis paraphrasiert. Zum Teufel, wir sind von denen doch gedemütigt worden und öffentlich schon halb hingerichtet. Welches Mädchen will jetzt noch mit uns ausgehen?“

„Aber du hättest mir sagen sollen, wo du am Mittwoch warst.“

„Sagst du mir etwa alles?“, entgegnete Marvin. Er ließ sich erneut über das Internat und die beobachtete Körpersprache von Frau Dr Rosenfels aus. „Dieses Weib, das nicht züchtiger auf die Mädchen achtgeben kann, hat irgendein Geheimnis.“

„Wenn das stimmt“, sagte Christopher und räumte auf, „dann werden es die Journalisten schon noch rausfinden.“

Als das Weihnachtsessen im geschmückten Speisesaal des Internats stattfand, blieben einige Stühle leer. Manche Eltern hatten ihre Töchter von der berüchtigten Schule runtergenommen.

Evelyn saß mit Fiona gegenüber von Frau Dr Rosenfels und der Sportlehrerin, die wie eine versonnene Soldatenwitwe auf ihrem deftigen Teller herumschnitt. Zugleich bemühte sich die Direktorin verbissen um fröhliche Laune.

„Irgendwie schmeckt das Kalbsfleisch ungewöhnlich“, meinte Fiona.

„Ungewöhnlich zart und gut“, steckte sich Frau Dr Rosenfels noch einen Happen in ihren dezent geschminkten Mund. Dann griff sie nach einer Flasche Bordeauxwein. „Möchtet ihr auch?“

„Ja“, erwiderte Fiona bekümmert.

Dagegen wechselte Evelyn einen unsicheren Blick mit der Sportlehrerin und antwortete daraufhin: „Ich will morgen fit sein und mit den Hanteln trainieren.“

„Ein bisschen Wein heute stärkt Körper und Geist für morgen“, redete die Direktorin ein Bonmot daher. Prüfend linste sie ebenfalls zur Sportlehrerin. „Oder wollen Sie mir widersprechen und wie so viele andere mucken?“

„Ganz und gar nicht. Bei diesen alljährlichen Liedern über traute Abendstunden und die unbefleckte Empfängnis braucht man wirklich ein Gegengift.“

Schon rauschten die dunkelroten Wellen in die Gläser. Frau Dr Rosenfels – Lola – vergaß sich so weit, dass sie den Rest sogar aus der hochgehobenen Flasche trank. Dabei starrte Evelyn unbewusst und innig kauend auf die gespannte Bluse. Ach, wenn sie doch ein Christuskind wäre und aus diesen Brüsten die weiße Milch saugen könnte!

Eine Dreiviertelstunde später stand Evelyn beunruhigt im Büro von Frau Dr Rosenfels. Was wollte sie hier und jetzt mit ihr durchdeklinieren?

„Nimm doch Platz“, bat die Direktorin. Sie selber ging zu ihrem Ledersessel, rollte ihn jedoch hinter dem Schreibtisch hervor und setzte sich schrankenlos zu dem großen Mädchen. Dann schob sie noch ihren Rockbund am Bauch zurecht, schlug die Beine übereinander und stieß hinter vorgehaltener Hand auf. „Pardon.“

„Schon okay.“

„Evelyn, bestimmt macht es dir zu schaffen, dass Helena und Amira nicht mehr da sind?“

Die stille Schülerin kniff die Lippen zusammen und nickte.

„Hast du Angst? Trainierst du dir deshalb Muskeln an?“

„Ich ... ja.“

„Aber das heißt, dass die Angst dich schon länger verfolgt als diese Mordfälle? Wovor fürchtest du dich?“

Evelyn spürte einen so verzweifelten Druck, dass sie die Hände ballte und wieder öffnete. „Ich habe Angst vor der Welt. Ich habe Angst davor, nicht angenommen oder verstoßen zu werden. Ich habe sogar Angst vor mir selber, wodurch das alles in einer Verwirrung gipfelt, die so heiß und kalt ist wie eine Hassliebe."

„Deine Pflegemutter war eine furchtbar dumme Pute."

Durch diese überraschende Erwiderung brach etwas in Evelyn auf, und ein Rinnsal des Vertrauens quoll nach oben. „Es gibt da etwas, über das ich noch mit keiner Menschenseele geredet habe, Frau Doktor Rosenfels."

„Ich verspreche dir, es für mich zu behalten."

„Bevor ich das Internat besuchen durfte, war ich an meinem zwölften Geburtstag alleine auf so einen abgelegenen und schlecht geteerten Basketballplatz mit Maschendrahtzaun gegangen. Ich warf auf den Korb, bis es so dunkel wurde, dass ich fast nichts mehr gesehen habe. Als ich endlich gehen wollte, tauchten jedoch fünf oder sechs Schatten vor mir auf – jugendliche Männer. Sie stießen mich in das Areal zurück, wo sie mir die Jogginghosen runterrissen. Strampelnd versuchte ich mich zu wehren, aber dadurch stachelte ich ihre lüsterne Wut erst recht an. Ich kann mich noch erinnern, wie ich auf den Boden fiel und einen brutalen Tritt gegen den Kopf bekam. Danach schienen sich meine Gefühle in einer dröhnenden Taubheit von mir abzulösen und die Welt kippte aus ihren Fugen. Ich … ich glaube, dieses zwölfjährige Mädchen wurde mit gegrätschten Beinen gegen den Zaun gehoben und wie ein Schmetterling aufgespießt. Wie lange sich die Kerle abgewechselt haben, weiß ich nicht mehr.“ Evelyn blickte vor sich hin, und obwohl sie glasige Augen hatte, gab der Abgrund in ihr keine Träne frei.

Gedankenverloren erzählte sie weiter: „Ich blieb wie eine weggeschmissene Puppe auf dem Platz liegen. Nachdem das widerliche Sperma größtenteils aus mir rausgesickert war, zog ich unter Schmerzen meine Jogginghose wieder an und bin mit dem Ball unterm Arm nach Hause getrottet.“

Frau Dr Rosenfels wirkte äußerst betroffen. „Und du hast niemandem von dieser Gruppenvergewaltigung erzählt? Was ist mit deinem Kopf? Sicher hattest du doch Verletzungen.“

„Meine Pflegemutter schimpfte nur darüber, dass ich so spät nach Hause kam. Ich solle gar nicht erst versuchen, mich mit einem Lügenmärchen rauszureden. Wenn ich in der Dunkelheit auf die Schnauze gefallen sei, dann geschehe mir das recht.“

„Nicht zu fassen! Wir sollten zur Polizei gehen, Evelyn.“

„Auf keinen Fall“, entfuhr es der Schülerin. „Ich meine, welchen Sinn hätte das? Heute könnte ich die Täter noch weniger identifizieren als damals. Außerdem wäre es für mich ein zusätzliches Martyrium, wenn ich das alles vor Gericht wieder und wieder durchleben müsste. Hier ist schon genug Polizei.“

„Wohl wahr.“

„Was mit Helena und Amira geschehen ist, das finden wir alle schrecklich, aber vielleicht mussten sie nicht lange leiden. Ich bin mir sogar fast sicher. Es ist für eine junge

Frau immer noch besser, gleich zu sterben, als dass sie schändlich von Männern benutzt wird."

„So darfst du nicht denken, Evelyn. Aber ich werde überlegen, wie ich dir persönlich helfen kann. Dermaßen viel Angst, Zorn, Ohnmachtsgefühle und Trauer sind extrem schlecht verdaubar."

Beide erhoben sich. Doch plötzlich sagte Evelyn im Stehen: „Ich mache mir Sorgen um Sie."

„Um mich?", zeigte die Direktorin gerührt auf ihre Bluse, und ihr Ring funkelte.

„Ja, möchten Sie heute wirklich noch mit dem Auto nach Hause fahren? Sie haben nicht wenig getrunken."

„Oh, meine Partnerin holt mich ab."

Evelyn klappte der Mund auf.

„Jetzt kennst du auch mein Geheimnis", sagte Lola.

„Ich verspreche Ihnen, es für mich zu behalten!"

„Versprich es von Lesbe zu Lesbe."

„W-woher wissen Sie, dass ich …?"

„Na, ich müsste eine sehr unreife Psychologin sein, wenn mir das entgangen wäre. ›Allwissend bin ich nicht, doch viel ist mir bewusst‹", zitierte sie ausgerechnet den schelmischen Mephistopheles aus Goethes *Faust.*

Leider durfte Evelyn sie nicht mal um eine Umarmung anbetteln. „Wissen Sie, ob auch Fiona lesbisch ist?"

„Das ist eine schwierige Frage. Vielleicht solltest du es mit ihr zusammen herausfinden", öffnete Frau Dr Rosenfels lächelnd die Tür.

Am nächsten Morgen ließ sich Evelyn von der Sportlehrerin im Kraftraum die Scheiben auf die Langhantel packen.

Obwohl die Ferien angebrochen waren, wohnte eben die „Sadistin“ und „Dachzimmermedusa“ hier, wie Amira einst die verschlossene Trainerin verspottet hatte. Evelyn kam dagegen gut mir ihr zurecht.

Ungeachtet dessen ärgerte sie sich, dass sie gestern Abend nicht den Mut gefunden hatte, Fiona näherzukommen. Diesen Frust nutzte Evelyn beim Bankdrücken. Sie war von Durchgang zu Durchgang mit dem Gewicht rauf- und den Wiederholungen runtergegangen, so dass nach einer Pause nun 100 kg auf der Stange in der Halterung lasteten. Die Sportlehrerin stellte sich dahinter.

Evelyn legte sich einmal mehr auf die Bank und spürte, wie alle ihre Fasern in den Kriegsmodus schalteten. Gewissermaßen litt sie unter dieser adrenalinerfüllten Wüste, dennoch schwelte in ihr das Bedürfnis, sich an die Grenze und darüber hinauszutreiben.

Entschlossen senkte sie die mordsschwere Langhantel zu ihrem Brustkorb und drückte sie hoch. Einmal – zweimal – ein zähes drittes Mal …

„Noch eine!“, schnaubte Evelyn.

Erneut senkte sie das Gewicht ab und konnte es halb nach oben quetschen. Doch von hier gab die Sportlehrerin ihr leichte Unterstützung.

„Noch eine!“

Diesmal musste die Trainerin stärker an der Stange ziehen. Trotzdem half sie nur so viel, dass Evelyn das Gewicht quälend langsam hochbekam und es schließlich rumsend in der Halterung landete.

„Gut gemacht, Kleine! Ruh dich noch aus“, sagte die

Sportlehrerin. Dabei war sie selber natürlich die Kleinere, und genau darin sollte der Witz liegen. „Aber der Kniebeugen-Ständer wartet schon.“

Währenddessen verstaute Fiona ihre zusammengefaltete Kleidung in einem Koffer, weil sie die Weihnachtsferien wie die meisten Schülerinnen bei den Eltern verbringen würde. In einer kleinen Tupperdose bewahrte sie auch ein Stück des seltsamen Kalbsbratens auf, um diesen von der Polizei beziehungsweise Gerichtsmedizin untersuchen zu lassen.

Fiona blickte auf ihre Armbanduhr und blieb noch ein Weilchen im Zimmer. Dann beschloss sie, unten im Kraftraum vorbeizuschauen.

Evelyn war nicht mehr dort.

Also schlich Fiona in den Umkleideraum. Hinter der Milchglastür mit den Duschen plätscherte es.

Sie klopfte. „Evelyn?“

„Komm rein!“

Als Fiona den langen gefliesten Raum betrat, hielt ihre Freundin das Gesicht mit geschlossenen Lidern in die warmen Wasserstrahlen. Das brünette Haar ergoss sich halbwegs über ihren Rücken. Ihr Po war fest, und der Schaum zu ihren Füßen duftete süßlich-herb.

Wirkungsvoll drehte sie sich um. Besonders durch die muskulöse, magere Brust erschien ihr Körper maskulin, nur dass sie eben eine Vagina hatte.

„Ich“, suchte Fiona ihre Stimme, „wollte mich verabschieden.“

Evelyns geäderte Arme hingen seitlich herab, wodurch

sie so aussah, als hätte man sie buchstäblich im Regen stehen gelassen. „Wirst du zurückkommen?“

„Aber natürlich“, schritt Fiona näher.

„Und wenn deine Eltern es verbieten wollen?“

„Ich bin volljährig. Genau wie du.“

„Wir werden einander nicht im Stich lassen, oder?“

„Garantiert nicht.“

„Sehnst du dich auch so nach Trost und Liebe?“

„Ja“, kam Fiona noch näher.

„Deine Kleidung wird nass.“

Sie stülpte ihren Kaschmirpullover über den Kopf, öffnete ihre Jeans und hing alles mitsamt der Unterwäsche an eine Wandhalterung. Fionas Körper wirkte etwas weicher, aber sinnlich wie ein klassisches Frauenbildnis. Endlich trat sie unter die wohltuende Dusche zu Evelyn, die ihre Arme hob. Die Freundinnen verschlangen sich mit Küssen.

6. Kapitel

Sofort im neuen Jahr wurde der Koch von einem Polizeikommando abgeführt. Die Hausmeisterin stand zitternd im Foyer, als er mit gesenkter Halbglatze jammerte: „Ich habe das Fleisch aus Gefrierbeuteln mit der Aufschrift ›Kalb‹ genommen. Teilweise erschien es mir auch ungewöhnlich, aber ich schwöre, dass ich damit nichts zu tun habe! Was soll denn jetzt aus meiner Familie werden?"

Frau Dr Rosenfels stöckelte hinzu. „Was geht hier vor?"

Die beiden Kommissare schoben sich mit ihr zusammen in eine Ecke, wo Schwartz hervorräusperte: „Wir haben Amiras Leiche beziehungsweise ihre Reste in einem Sumpf hinter dem Stadtrand entdeckt, und zwar mit einem Messer, auf dessen Griff sich die Fingerabdrücke Ihres Kochs nachweisen lassen."

„Er ist doch nicht mal vorbestraft. Wie konnten Sie die Daten so schnell überprüfen?"

„Wir haben seine Fingerabdrücke soeben eingescannt", erklärte Binsky schlicht.

Wie sie versuchte auch Schwartz sich nicht anmerken zu lassen, dass ihm dieser Fall den Schlaf raubte. „In Amiras Körper steckten – abgesehen von Ihrem Herz – noch alle Organe. Allerdings waren ihre Extremitäten abgesägt und das Fleisch bis auf die Knochen weggeschnitten, um nicht zu sagen filetiert worden“, erläuterte er. Die Säge hatten die Kriminalbeamten übrigens nicht gefunden.

„Was soll das heißen?“, fragte Frau Dr Rosenfels. Ihr wurde schlecht und flau im Magen.

Der Kommissar raunte: „Von einer Schülerin, die anonym bleiben möchte, haben wir eine Probe des Weihnachtsbratens aus Ihrem Internat bekommen. Amira ist zwar schlank gewesen. Es tut uns auch grausam leid, Ihnen das mitteilen zu müssen, aber laut der Laboruntersuchung lag zumindest auf manchen Tellern, ähem, Menschenfleisch.“

Binsky konnte gerade noch einen Schritt nach hinten treten, als die Direktorin auf den Marmorboden kotzte …

Früh am nächsten Morgen grübelte Frau Dr Rosenfels in ihrem Büro mit einer dampfenden Tasse Kaffee darüber nach, was sie nur ihren Kolleginnen und den ganzen Eltern sagen sollte. Da sprang der Zeitungsartikel auf ihrem Schreibtisch sie wie ein Raubtier an:

SCHLACHTHAUS DER JUNGFRAUEN

Um den Skandal vollzumachen, ließen diese lästernden Journalisten im Text nicht unerwähnt, dass die Direktorin des Mädcheninternats überdies lesbisch und mit einer Frau verheiratet sei. Was hatte das verdammt noch mal damit zu tun! Und woher stammte diese Information?

Fuchsteufelswild packte Frau Dr Rosenfels die Zeitung, marschierte in den zweiten Stock und stieß dort Evelyns

Zimmertür auf, ohne diese hinter sich wieder zu schließen. Ihre vertraute Schülerin erhob sich in Unterwäsche vom Bettrand, während Fiona mit einer schäumenden Zahnbürste im Mund aus dem Bad kam.

Frau Dr Rosenfels rührte Evelyn den Zeitungsartikel unter die Nase, so dass die Zwölftklässlerin entgeistert zurückwich. „Hast du rumerzählt, dass ich lesbisch bin?“, verlangte die Direktorin zu wissen.

Fiona tropfte Schaum auf den nackten Fuß.

Dafür konnte Evelyn sich fassen: „Aus welchem Grund sollte denn ich das rumerzählen? Ich hatte Ihnen versprochen, es für mich zu behalten, und das tat ich auch.“

Frau Dr Rosenfels gestand sich ein, dass sie überreagiert hatte. Früher oder später musste ja bekannt werden, wer die Dame war, von der sie sich in einem weißen Lotus nach Hause abholen ließ.

„Ich glaube dir, aber was ändert das noch? Es ist vorbei“, ließ Frau Dr Rosenfels die Zeitung zu Boden segeln.

Dadurch konnte auch Fiona den üblen Artikel besser erkennen. Sie eilte noch einmal ins Bad, drehte den Wasserhahn an und spuckte aus.

„Was ist vorbei?“, bangte Evelyn.

„Bald wird nicht nur diese unselige Ruine, sondern das gesamte Internat abgesperrt oder gar abgerissen sein.“

In Evelyn köchelte Panik. „Sie wollen es schließen?“

„Ich will nicht, ich muss.“

Fiona kleidete sich an. Hatte ihr das alles vorgeschwebt? Eher nicht. Dennoch hatte sie es als ihre Pflicht betrachtet, den Kriminalbeamten zu helfen.

„Wenn der abgeführte Koch ein Kannibale und Frauenmörder ist“, meinte sie, „dann dürfte unser Internat doch nun sicher sein?“

Frau Dr Rosenfels hegte Zweifel. „Du kennst die Staatsmechanismen nicht gut genug und denkst zu optimistisch vom Unterscheidungsvermögen der Menschen, Fiona. Der Skandal wird weniger dem Koch anhaften als vielmehr unserer Bildungsstätte. Ich habe nichts mehr zu sagen.“

„Aber wo sollen wir denn jetzt hingehen?“, winselte Evelyn. Sie schaute von der Direktorin zu Fiona und wieder zurück. Besonders deprimierend wirkten die zwei leeren Betten in dem Viererzimmer.

Frau Dr Rosenfels atmete mit einem tiefen Seufzer aus und blieb die Antwort schuldig. Wenngleich Evelyn dem Anschein nach endlich eine Intimfreundin gefunden hatte, so stand sie doch als missbrauchte Waise da, und dies auch noch in Unterwäsche. Mit unerhörtem Mitleid schenkte Lola ihr einfach eine mütterliche Umarmung. Was gab es noch zu verlieren?

Fiona beobachtete die Szene still, ehe sie einer Ansammlung tuschelnder Mädchen in der offenen Tür einen energischen Wink erteilte. Er blieb wirkungslos. Doch sowie sich Frau Dr Rosenfels umdrehte, stoben alle schneisenförmig auseinander.

„Geht nach Hause“, sagte sie.

Die Sportlehrerin machte sich mittags in ihrer Dachwohnung eine mediterrane Gemüsepfanne mit angebratenen

Nudeln. Kaum hatte sie aufgegessen, schaute sie am Laptop in ihren *Social Media Account* und stöhnte wie unter einem süßen Schwindelanfall.

Sie fand dort eine innige Nachricht von ihrer Jugendliebe, einem Mann, den sie seit mehr als zehn Jahren eigentlich nur noch in ihren Träumen sah. Die beiden waren zusammen aufgewachsen. Erst nachdem er jedoch Medizinrecht studiert und sich mit einer geltungssüchtigen Schickse für einen Umzug in die Schweiz gerüstet hatte, wagte die noch taufrische Sportlehrerin den Sprung: Sie stahl sich das Glück einer Nacht mit ihm, einer einzigen Nacht. Geheiratet hatte er zwar nie, aber zwei Kinder miterzogen, die nach seinen brühwarmen Erkenntnissen gar nicht von ihm stammten. Nostalgisch bezeichnete er diese verblendeten Entscheidungen somit als Fehler seines Lebens. Seine Jugendliebe wiederum hatte in diesem ehemaligen Nonnenkloster ihr wahres Ich verschlossen und angeblich die emanzipationswilligen Mädchen zu stärken versucht. Jedenfalls stand in einem Auszug ihrer leidenschaftlichen Antwort:

> *Insgeheim bin ich eine fatale Romantikerin. Ich habe in diesem schicksalsgetränkten Internat nur noch ein paar hässliche Kleinigkeiten zu regeln, bevor wir uns wiedersehen, mein Liebster. Kein Herz wird dir jemals mehr gehören als meins ...*

Bis zum Abend entbrannte zwischen Evelyn und Fiona ein Streit. Die rothaarige Zimmergenossin versicherte unermüdlich, dass sie gemeinsam auf einer anderen Schule ihr Abitur machen würden. Aber es ging um viel mehr als das.

„Bitte versteh doch. Ich bin nicht lesbisch“, sagte Fiona.

„Und warum verflucht noch mal hattest du mit mir Sex?“

„Weil ich noch unerfahren bin und mich selber besser kennenlernen muss. Ich wirke vielleicht besonnen und vernünftig, aber tief im Innern sind diese Ereignisse auch für mich verstörend. In solchen Ausnahmesituationen verliert man schnell die Orientierung. Wir probieren Dinge aus, die wir sonst vielleicht nicht ausprobiert hätten.“

„Also bist du bisexuell?“, hoffte Evelyn bitterlich.

„Ich will dich nicht verletzen, aber es war dein maskulin erscheinender Körper, der mich anzog. Dadurch ist mir erst recht klargeworden, dass ich auf Männer stehe.“

Evelyn tigerte im Zimmer umher und zurrte ihren Zopf fest. „Damit verletzt du mich sogar zutiefst.“

„Das tut mir leid. Ich bleibe aber gern deine beste Freundin. Wenn du möchtest, dann suche ich für dich auch, na ja, andere Frauen.“

Evelyn gab keine Antwort und kämpfte mit sich.

„Weißt du was?“, schlüpfte Fiona in ihre grüne Jacke. „Es ist besser, du kommst erst mal zur Ruhe.“

Schlagartig blieb Evelyn stehen. „Wo willst du hin? Du hast zu mir gesagt, dass wir uns nicht im Stich lassen.“

„Ich lasse dich ja auch nicht im Stich. Ich möchte dir nur die Möglichkeit geben, dich zu beruhigen.“

„Wo du hinwillst, habe ich gefragt!“

Fionas Mimik drückte Vorsicht und Argwohn aus. „Bleiben wir fair: Beim jetzigen Stand der Fakten ist es doch ausgeschlossen, dass Christopher oder Marvin in unserer Internatsküche so ein Unwesen treiben konnte, nicht wahr? Darum haben sie eine persönliche Entschuldigung verdient."

„WAS?" Evelyn hatte das Gefühl, wahnsinnig zu werden. In ihrem Kopf blitzte die höllische Vision auf, wie Fiona am Spieß eines Lagerfeuers brutzelte. Selber saß die athletische Brünette daneben auf dem Laubboden, wobei sich um ihren Hals geisterhaft Helenas Gedärme wie schwere Blumenketten wickelten und die verstümmelte Amira grinsend ein Foto für Frau Dr Rosenfels machte. Ringsum lauerten die Schatten von Männern.

„Was ist denn?", fragte Fiona.

„Du bleibst hier!"

„Nein, ich gehe."

„Alle Wege von hier fort enden im Tod!!"

„Brüll mich nicht so hysterisch an", fauchte Fiona.

Tobend riss Evelyn deren Nachtschränkchen auf und schmetterte den Vibrator gegen die Wand, wo er auseinanderkrachte. Ihre Freundin öffnete empört die Zimmertür und verschwand.

Danach schlug Evelyn das ganze Mobiliar zu Kleinholz.

Fiona huschte durch den finsteren Wald und hielt sicherheitshalber ihr blau leuchtendes Handy beinahe auf Brusthöhe. Mit einem Mal schien jedoch eine Silhouette zwischen den Bäumen entlangzufliegen. Eine Eule? Oder sah Fiona aufgrund ihrer Nervosität schon eine unmögliche Bestie?

Unter ihren Stiefeln knirschte eine dünne Schneeschicht, durch die hier und da vermoderte Blätter gähnten. Als die wachsame Achtzehnjährige aber stehen blieb, hörte das Knirschen nicht sofort auf. Hastig wählte sie eine Telefonnummer, drückte das Smartphone an ihr Ohr und lief weiter.

„Hallo, i…!“

Ein Fausthieb von der Seite donnerte das Handy auf die matschige Erde und ließ Fiona gegen einen Baumstamm taumeln. Blut tropfte aus einer Platzwunde unterhalb ihrer Schläfe in den Schnee. Entsetzt erblickte sie die Satansfratze und ein funkelndes Messer, das sich dank ihrer schnellen Ausweichbewegung nur in die Baumrinde bohrte.

Sie rannte um ihr Leben.

Allerdings konnte sie furchtbar schlecht sehen und hatte den Eindruck, als drehe sich der Wald hämisch um sie herum. Durch einen verzweifelten Blick über die Schulter musste sie erkennen, dass der Täter ihr dicht folgte. Wie ein Beutetier begann sie Kurven zu schlagen und trieb die Dampfwolken ihres keuchenden, schluchzenden Atems vor sich her.

Als sie erneut hinter sich blickte, war der Mörder weg.

Doch urplötzlich ragte er vor ihr aus dem Boden, so dass sie laut schrie. Er packte sie mit einem Arm, um ihr die Kehle durchzuschneiden, und sogar einarmig war er ungeheuerlich stark. Fiona versuchte sich wild zu wehren. Mithilfe eines Tritts gegen seine Kniescheibe gelang es ihr tatsächlich, sich ihm zu entwinden. Knurrend schwang er daraufhin seine Klinge ähnlich einem Säbel und zerfetzte die Jacke der jungen Frau. Sie selber wurde nur an der Hautoberfläche geritzt und rannte wieder davon.

Polizeisirenen, die aus der Ferne herbeischrillten! Bebend vor Erleichterung duckte sich Fiona hinter ein dürres Gebüsch.

Doch weshalb zum Teufel floh der Täter nicht? Er suchte sie. Mit leicht hinkendem Bein kam er näher, näher und noch näher. Ihr Herz raste wie in einer Falle.

Zur Täuschung schmiss sie einen Stock. Sobald die maskierte Gestalt in die falsche Richtung davongestapft war, sprintete Fiona aus ihrem Versteck. Unglücklicherweise hielt sie genau auf die verrußte Feuerstelle zu, stolperte und stürzte unter gellenden Schmerzen.

Als der Täter zurückkam, fand er im schneeigen Dreck zwar nur noch eine breite Spur. Aber er holte Fiona mühelos ein, die wimmernd auf dem Bauch robbte. Ihr rechter Fuß und die linke Hüfte waren gebrochen.

Ruhig griff er im Genick das rötliche Haar der Jungfrau, hob sein Messer und flüsterte noch: „Warum nur habt ihr alle nicht auf mich gehört?“

Da wurde er von einem heranspringenden Fußtritt zu Boden geschleudert. Mit einer Rolle richtete er sich wieder auf, und im grimmigen Mondschein unter den Ästen stand niemand anderes als Christopher. Verdutzt kroch Fiona vom Kampfplatz.

Der Täter stach frontal mit der Klinge zu. Doch Christopher schnappte dessen Arm, wrang ihm geschickt das Messer aus der Hand und warf es weit weg. Ehe sich der Mörder auf die veränderte Situation einstellen konnte, knallte ihm gnadenlos ein Ellbogen ins verhüllte Gesicht. Er strauchelte rückwärts und schob seine Maske zurecht.

„Komm her, du teuflischer Feigling!“, provozierte Christopher ihn.

Die Gestalt hob verkrampft ihre Fäuste. Zackig wich der Karatekämpfer dem technisch unausgegorenen Angriff aus und verpasste seinem Gegner dafür einen schreienden Handkantenschlag. Zudem rammte ihm Christoper mit einer geschwinden Körperdrehung einen Fuß in die Magengrube, so dass der andere zu Boden wankte.

Während ein Polizeitrupp mit Infrarot-Helmen zwischen den Bäumen hindurchpirschte, stürmte noch Marvin hinzu. Er hielt den zappelnden Täter fest und riss ihm die Maske herunter – Evelyn.

7. Kapitel

Auf einer Liege des Roten Kreuzes wurde Fiona aus dem Wald zum Internatsparkplatz getragen, der voller schillernder Blaulichter war. Bevor die Sanitäter sie in das Rettungsfahrzeug luden, sah sie in einem gepanzerten Polizeiwagen Evelyn sitzen. Doch ihre ehemalige Freundin starrte mit stumpfer Teilnahmslosigkeit vor sich hin.

Kommissar Schwartz ging schnaufend und pustend mit Binsky zu den zwei athletischen Studenten. Bei ihnen stand auch Frau Dr Rosenfels. Sie war niedergeschmettert, weil sie Evelyns zerstörerische Seelenkräfte in der tiefsten Irrationalität nicht erkannt hatte. Ebenso wenig hatte sich allerdings die Polizei mit Ruhm bekleckert.

Schwartz sog an seinem Asthmaspray und sagte schließlich mit Blick auf die verhaftete Täterin: „Tja, ihre DNA-Probe wird zweifellos die richtige sein. Leider sind wir nicht auf die Idee gekommen, ihr Zimmer zu durchsuchen. Es gibt noch einige Fragen zu klären, aber ihr beide habt gute Arbeit geleistet, Jungs."

„Danke", erwiderte Christopher. „Sie konnten uns anfangs nicht leiden, hm? Falls Sie möchten, zeigen wir Ihnen, wie's geht."

„Bitte was?“

„Wie Sie den Bauchansatz verlieren und galanter werden.“

Schwartz murrte. Wenn er seit der Scheidung unter diesem elenden Asthma litt und deswegen übrigens Gefahr lief, seine Position als Oberkommissar zu verlieren, dann war es vielleicht psychosomatisch bedingt. Folglich müsste es sich bessern, sofern er wiederum mit ein paar netten Damen ausging, oder etwa nicht?

„Also gut“, schlug er ein, „bringen wir mich in Form!“

„Was ist mit Ihnen?“, fragte Marvin daraufhin Binsky.

„Ich bin in Form.“

„Na, das sehe ich. Wollen Sie nicht auch ein Date?“

Das kann er doch nicht ernsthaft in dieser Situation fragen, dachte Binsky leicht entrüstet. „Hören Sie, bestimmt werden Sie noch Fanpost von kessen Mädels erhalten. Ich selber bin dagegen zum ersten Mal richtig erleichtert und froh darüber, Single zu sein. Ob hetero, homosexuell oder sexualpathologisch – in verschiedenen Graden führt das alles zu ganz schön komplizierten Reibereien.“

„Das können Sie laut sagen“, meinte Frau Dr Rosenfels. Prompt entdeckte sie ihre Partnerin, die mit einem weißen Hut hinter dem abgesperrten Internatsgrundstück von Journalisten bestürmt wurde. Obwohl sie als Marketingspezialistin ausgebildet war, arbeitete sie im Sekretariat des Kultusministeriums.

„Entschuldigen Sie mich“, verabschiedete sich Frau Dr Rosenfels von den Kommissaren und Studenten. Sie schlängelte sich zu ihrer Lebensgefährtin durch.

Sofort erkundigte sich eine Redakteurin mit gierigem

aufgetragenem Make-up: „Frau Doktor Rosenfels, wie geht es mit dem Mädcheninternat weiter, nachdem es einen geradezu vampirischen Ruf erlangt hat?“

„Wie gehen denn Dinge weiter, die zu Ende sind? Ich verrate Ihnen mal was. In der Schule lernt man ständig, wie man am besten antworten soll. Eine dringende Reform müsste sich aber dem Problem zuwenden, klügere Fragen zu stellen. Tschüss!“

Sie stieg mit ihrer Partnerin am Straßenrand in den Lotus.

„Das war eine gepfefferte Antwort“, sagte ebenjene und griff an das Lenkrad.

„Aber politisch korrekt.“

„Das stimmt. Ich werde dir gern helfen, eine neue Stelle zu finden, Lola.“

Sowie der Motor aufschnurrte, wurde auch Evelyn im Polizeiwagen abtransportiert.

Epilog

Evelyn saß in der geschlossenen Psychiatrie unter einem weißen Licht einer Doktorin mit schwarzem Seitenscheitel gegenüber und blickte auf ihre eigenen Hände. Immerhin durfte sie in dieser Anstalt dreimal wöchentlich mit Gewichten trainieren. Noch viel wichtiger war: Hier konnte die Waise für immer bleiben.

Es flößte ihr etwas Vertrauen ein, dass diese Psychologin gemeinsam mit Frau Dr Rosenfels die Universität besucht hatte und jetzt so ruhig in der Gerichtsakte blätterte.

Ihrem Geständnis zufolge war die männlich wirkende Täterin von dem Schauermärchen über den höllischen Baron und der leidenschaftlichen Nonnenschülerin fasziniert, die sich selbst zerfleischt hatte. Evelyn versteckte die handelsübliche Halloween- beziehungsweise Teufelsmaske unter ihrer Matratze im Internat. Dort hielt sie auch ein Messer verborgen, das sie sich ursprünglich zu ihrem 18. Geburtstag in einem paranoiden Selbstverteidigungswahn gekauft hatte. Dennoch schienen bereits länger Mordgedanken in ihr zu gären. Eine weitere Fleischerklinge entwendete sie zwecks irreführender Spurenlegung aus der Küche, wo sie regelmäßig an den Wochenenden gearbeitet hatte.

Mithilfe eines Knetabdrucks ließ sie sich zudem in einem laxen Geschäft den Schlüssel für den Vorratskeller und Hinterhof nachmachen. Angeblich wollte sie damit dem Notfall vorbeugen, dass sie aus irgendeinem Grund ausgesperrt wäre und sich zurück in das Internat schleichen müsste. Ihren Zimmergenossinnen mischte Evelyn jedenfalls Schlaftabletten in die Getränke, ehe sie Helena mit morbider Eifersucht vor den Klauen eines Mannes bewahrte und ausweidete. Laut eigener Aussage habe sie „das unschöne Innere der Freundin sichtbar nach außen gekehrt".

Amira zu zersägen, war komplizierter. Weil Evelyn das nicht innerhalb von wenigen dunklen Nachmittags- und Abendstunden schaffte, tarnte sie den abgestellten Van mit Gestrüpp, um in der Nacht die paar Kilometer zu ihm zurückzurennen. Schließlich entsorgte sie die gereinigte Säge auf einem Schrottplatz und tauschte das filetierte Fleisch im Gefrierschrank des Internats aus. In ihrem kurzen Schlaf wurde Evelyn nichtsdestotrotz von den Schreckensbildern ihrer Tat verfolgt.

„Warum wollten Sie, dass auch die anderen von dem Fleisch essen?", fragte nun die Psychologin.

Evelyn gab eine monströse Antwort: „Ich bin ein Stück weit Kommunistin. Beim zweiten Mord begriff ich, dass ich zumindest mit den anderen Mädchen und Frauen im Internat teilen musste. Allerdings habe ich sowohl das Herz von Amira als auch Helena alleine gegessen."

„Roh?"

„Ja, damit ihre Seelen genau wie im Eingeborenenglauben

in mich übergingen. Vielleicht meinen Sie, dass ich einen grässlichen Gedankensalat habe. Aber es existieren Millionen von konservativen Bürgern, die einen maßlosen technischen Fortschritt anbeten, und das ist auch widersprüchlich." Evelyn blickte die freundliche Psychologin jetzt geradewegs an. „Wissen Sie, was die letzten Worte meiner leiblichen Mutter waren?"

„Nein, was sagte Sie?"

„Ich war damals erst vier Jahre alt, aber ich kann mich noch genau erinnern. Bevor sie sich die Pulsadern aufschlitzte und vor meinen Augen auf dem Bettlaken verblutete, sagte sie: ›Mein armer Schatz, wir werden auf immer und ewig zusammen sein.‹"

Printed in Poland
by Amazon Fulfillment
Poland Sp. z o.o., Wrocław

29840876R00045